Une compliquée

A Story in Easy French with Exercises and English Translation

FRANCE DUBIN

Cover illustration by Kris Avilla, ArtLabKMA.com

CONTENTS

ACKNOWLEDGMENTS

Je voudrais remercier mon mari Joe Dubin, mes enfants Zoë et Sam Dubin, Christophe Blond, Nathalie Conte, Stuart Cook, Dana Gross, Sylvie Poulouin, Beth Rowan, Alexis Takvorian, et tous mes étudiants.

1 UNE FAMILLE COMPLIQUÉE

Chapitre 1
Taylor, Texas

Tous les lundis à dix heures du matin, Betsy est sur son tapis de yoga. Elle déteste faire du yoga, mais c'est le seul sport non violent qu'elle peut faire dans cette petite ville du Texas.

La professeure de yoga, une blonde grande et mince, tout le contraire de Betsy, parle d'une voix dynamique.

- Allez ! Le bras droit vers le ciel et la jambe gauche vers le sol...

Betsy a soixante-sept ans. Elle est mariée. Elle a un fils unique, une belle-fille, et un petit-fils qui s'appelle Guillaume.

Dans quelques jours, Betsy et son mari John vont partir rendre visite à leur fils Joshua et à sa famille. C'est un long voyage car malheureusement leur fils habite en France.

-   Allez, maintenant la jambe droite vers le sol et le bras gauche vers le ciel, ordonne la grande blonde.

Betsy regarde l'horloge accrochée au-dessus de la porte. Il n'est que dix heures et demie. Encore vingt minutes de cours ! Betsy commence à avoir mal au dos. Cette position n'est vraiment pas confortable.

-   Encore un effort. Tenez cette position trente secondes…Vingt-neuf, vingt-huit, vingt-sept…

Betsy pense à son fils. Pourquoi, mon Dieu, a-t-il décidé de vivre en France ? Betsy ne le comprend toujours pas. Le Texas est si beau ! Et la ville de Taylor est si belle.

Betsy se souvient encore de l'appel téléphonique avec Joshua.

- Dad, Mom, vous êtes assis ?... Est-ce que vous êtes assis ? J'ai une grande nouvelle à vous annoncer.
- Oui, nous sommes assis, avaient répondu les parents, surpris.
- J'ai rencontré la femme de ma vie !
- Où ? Quand ? C'est qui ?
- Je l'ai rencontrée il y a six mois à un dîner chez des amis. Elle s'appelle Caroline. Elle est française.
- Française ? avaient dit John et Betsy en chœur.
- C'est la femme de ma vie. Et je vais me marier avec elle.
- Tu vas te marier avec elle ?

Betsy et John avaient eu besoin d'un verre de vin.

- Caroline et moi voulons nous marier et vivre en France.
- Vivre en France ? Mais pourquoi ? Mais qu'est-ce que tu vas faire en France ?

Betsy et John avaient eu besoin d'un deuxième verre de vin.

- Maintenant, deux pieds vers le ciel et on pousse sur les bras, dit la prof de yoga en tapant dans ses mains. Betsy ? Betsy ? Nous avons changé de position.

Betsy revient dans le présent. Elle est dans la salle de yoga. Elle est fatiguée. Encore quinze minutes à tenir...

Exercice du chapitre 1

Betsy déteste faire du yoga. Et vous ?

Si un jour, vous faite du yoga en France, vous allez entendre ces expressions. Est-ce que vous les comprenez ?

Traduisez en anglais :

la posture du guerrier

Worior

_____

la posture de l'enfant

_____

la posture du chien la tête en bas

Damward

_____

la posture de l'arbre

tree

_____

la posture de la vache

---

la posture du chat

---

la posture de la montagne

---

la posture du cobra

Chapitre 2
Plouhinec, une petite ville de Bretagne en France

Tous les lundis à dix heures, Joshua ouvre la porte de La Lentille Verte, une boutique de produits biologiques. La boutique est calme. Il n'y a pas encore de clients.

Joshua désarme l'alarme. Il tape le code 0806. C'est le jour et le mois de la naissance de son fils Guillaume. Son fils est né le huit juin.

Joshua vérifie les rayons et tout particulièrement le rayon des fruits et légumes biologiques. Il veut s'assurer qu'il y a de tout : des pommes, des bananes, des poireaux, des pommes de terre. Ensuite, il range dans un petit panier à côté de la caisse les croissants à la farine complète encore chauds.

Joshua regarde sa montre. Les premiers clients vont arriver.

Joshua pense à sa vie d'avant. Au Texas, il travaillait pour une grande société pétrolière. Quelle chance d'avoir rencontré Caroline ! Elle lui a ouvert les yeux. Elle lui a montré qu'une autre vie était possible. Une vie plus humaine, plus calme et plus naturelle. Si seulement ses parents pouvaient le comprendre.

Joshua sait que ses parents n'ont toujours pas digéré son déménagement et son changement de carrière.

Joshua se souvient encore d'une conversation qu'il a eue avec son père. Son père était tellement en colère qu'il avait complètement oublié le décalage horaire. ~ time difference

- Joshua ??
- Oui, Dad... Qu'est-ce qu'il se passe ?... Tout va bien ?
- Je voudrais te parler. Ta mère et moi, nous sommes très inquiets.
- Je peux te rappeler demain ? Il est deux heures du matin en France.
- Non... Joshua Michael, ta mère et moi, nous ne te comprenons pas. Tu as fait de grandes études et tu veux ouvrir une épicerie ? Nous voulons comprendre !
- C'est ma vie...Je ne veux plus vendre de pétrole.

Le ton de la conversation commençait à monter. ~ heat up

- C'est ma vie. Et maintenant, je veux vivre

cette aventure avec Caroline et ouvrir cette épicerie.
- Mais pense à ton avenir. Tu ne vas pas passer tes journées à vendre des carottes.
- Des carottes bio ! Et pourquoi pas ?

John ne comprenait plus son fils. La France et Caroline avaient ensorcelé son fils chéri.

La porte de la boutique s'ouvre et la première cliente entre.

- Bonjour Madame de Villiers, dit Joshua qui connaît maintenant presque tous les clients. Comment allez-vous ce matin ?
- Assez bien, Monsieur Joshua. Il fait froid aujourd'hui et j'ai des rhumatismes.
- Qu'est-ce que vous voulez ce matin ?
- Je voudrais trois bouteilles de vin blanc. Le vin blanc, c'est bon pour mes rhumatismes.
- Vraiment ? Je ne savais pas, dit Joshua, amusé. Est-ce que vous voulez aussi un croissant à la farine complète ?
- Ah non merci ! La farine complète, ce n'est pas bon pour mes intestins.

Après deux ans à travailler dans la boutique, Joshua était toujours étonné par les coutumes et les traditions françaises.

Exercice du chapitre 2

Dans la boutique La Lentille Verte, on trouve beaucoup de produits bio intéressants.

Traduisez des phrases.

sans produit chimique

Chemical -free

sans phosphate

Phosphate -free

les OGM

GMb

la biodiversité

Obvious

le zéro déchet

Zero waste

le commerce équitable

Faire trade,

un régime sans gluten

Gluten-free diet

un régime sans sucre

Sugar free diet

la levure de bière

brewer's yeast

produit en vrac

bulk

les graines de courge

pumpkin seeds

les pois chiches

Chickpeas

favorise le transit intestinal

Promotes regularity

les huiles essentielles

obvious

Chapitre 3
Taylor, Texas

Après le cours de yoga, Betsy et ses deux amies, Ann et Laura, boivent un thé sans sucre à la terrasse de l'unique café-restaurant de barbecue de la ville de Taylor. Les trois amies se connaissent depuis longtemps. Laura et Ann travaillent ensemble dans une agence immobilière.

Il y a quatre ans, ce sont elles qui ont trouvé la maison de Betsy. Une grande maison en briques rouges avec quatre grandes chambres (une chambre principale pour Betsy et John, une pour leur fils et deux pour les futurs petits-enfants, de préférence une fille et un garçon) et une vue exceptionnelle sur le terrain de golf de la ville.

Après l'achat de cette propriété, Betsy, Ann et Laura sont devenues amies. Elles ont beaucoup de points communs. Toutes les trois aiment jouer au mah-jong et lire des romans policiers. Elles aiment aussi se retrouver au centre de tir de la ville de Manor au sud-ouest de Taylor. Elles adorent s'entrainer à tirer sur des cibles avec leur Smith & Wesson calibre neuf millimètres.

- Le cours de yoga était difficile aujourd'hui ! dit Betsy. J'ai mal au dos.
- Tu as mal au dos ? C'est nouveau ?
- En fait, plus on se rapproche du départ, plus mon dos me fait mal.
- Ce n'est pas bon signe. Tu n'es pas contente de voir ton fils, sa femme et ton petit-fils ?
- Mon fils et mon petit-fils, oui... ma belle-fille, un peu moins.

Betsy boit quelques gorgées de son thé. Elle sent les muscles de son dos se contracter. Elle aurait dû commander une tisane à la camomille.

- Tu n'aimes pas ta belle-fille ? lui demande Ann.
- Pas vraiment. J'ai l'impression qu'elle me juge constamment.
- C'est le sport préféré des Françaises ! dit Laura en riant.
- Et puis, j'ai toujours droit aux mêmes reproches...
- Qu'est-ce qu'elle te dit ? demande Laura.
- Elle me dit que les Américains utilisent trop de ressources naturelles... Que les Américains passent leur temps à acheter des objets qu'ils n'utilisent pas... Que les Américains sont des capitalistes avec des

cœurs durs comme la pierre.

Les trois femmes profitent du soleil. Nous sommes le vingt-quatre mai. Il est encore agréable d'être dehors. Dans un mois, il fera trop chaud.

- Ne pense pas à ta belle-fille. Pense plutôt à ton petit-fils. Il s'appelle ?
- Il s'appelle Guillaume…son prénom est impossible à prononcer. Je pense que ma belle-fille l'a choisi exprès pour nous embêter. Hunter ou Travis aurait été tellement mieux.
- Quel âge a-t-il maintenant ? demande Ann.
- Il va avoir trois ans le huit juin. Nous allons faire une petite fête pour son anniversaire quand nous serons en France.
- Quelle bonne idée ! Tu pars quand ? demande Laura.
- Nous partons samedi.
- Tu vas voir. Tu vas passer du bon temps en France.
- J'espère parce que la dernière fois, ce n'était pas une réussite…

Betsy prend encore une gorgée de son thé.

- J'espère que ton petit-fils est plus calme que

le mien, dit Laura. Max, le fils de ma fille, est une vraie terreur. Nous l'avons gardé le week-end dernier. C'était horrible. Je n'ai pas dormi de la nuit. Il a pleuré tout le temps. Et pour me remercier de lui avoir cuisiner des pâtes au fromage, il a tout vomi sur mon beau tapis blanc en laine.

- Mon Dieu !
- Plus jamais je ne garderai mon petit-fils.

Ann aussi raconte son expérience malheureuse la dernière fois qu'elle a gardé sa petite-fille.

- Ma petite-fille Lilly a presque deux ans. Et elle porte encore des couches ! Changer sa couche est une torture. Son caca sent si mauvais. Ce n'est pas humain. Peut-être que c'est à cause de toutes les cochonneries qu'elle mange.
- C'est vrai que les enfants mangent n'importe quoi maintenant. Et en plus, ils mangent tout le temps.
- Absolument. Toute la journée, Lilly a un biscuit à la main.
- Mais deux ans, demande Laura, ce n'est pas un peu vieux pour porter des couches ?
- Si, mais sa mère, ma fille, l'infantilise. Lilly ne veut pas marcher. Elle veut être dans les bras de sa mère, de son père ou dans les

miens. Après deux jours, je me suis disloquée l'épaule. J'ai dû avoir dix séances avec le kinésithérapeute.

Betsy finit son thé d'un trait.

- Ce n'est pas à moi que cela arrivera. Caroline, ma belle-fille, ne me fait pas confiance. Elle ne me laissera jamais son précieux fils à garder plus d'une heure.

Exercice du chapitre 3

Betsy a mal au dos parce qu'elle est stressée.

Bien sûr, vous connaissez les mots pour nommer les parties principales du corps comme les jambes, le cou, la tête... Mais connaissez-vous ces mots moins courants ?

une cheville _An cnhle_

une cuisse _A thigh_

un poignet _Wrist_

un orteil _Toe_

un coude _Elbow_

une nuque _Neck_

un genou _Knee_

un sein _Breast_

une hanche _Hip_

un mollet _Calf_

une épaule _Shoulder_

Chapitre 4
Plouhinec, une petite ville de Bretagne en France

Joshua fait les comptes. Il faut faire vite. Caroline et Guillaume vont bientôt arriver. Ils n'ont qu'une voiture pour la famille, alors Caroline vient le chercher tous les soirs après la fermeture de la boutique.

Huit cent quatre-vingt-huit euros et soixante-huit centimes. La journée a été bonne. Les gens sont de plus en plus sensibilisés au problème de pollution. Ils veulent manger et boire sain. Joshua a hâte de montrer les résultats financiers de la boutique à son père.

Mais il y a deux ans, quand ils ont ouvert la boutique, les habitants se demandaient qui était cet Américain qui venait vendre des produits biologiques dans leur ville. Les gens le regardaient avec méfiance.

Suspicion   mishap

En plus, son (accent n'était pas facile à comprendre. Joshua se souvient encore d'un de ses premiers faux pas. C'était pendant la première semaine d'activité. Madame Leclerc, une femme de quatre-vingt-quatre ans, avait acheté un camembert et un shampooing sans phosphate. En lui donnant la monnaie, Joshua lui avait dit : «

Merci beaucoup » mais avec son accent américain cela avait ressemblé à « Merci beau cul.» Madame Leclerc l'avait regardé choquée.

Après le départ de Madame Leclerc, Caroline avait fait la remarque à Joshua en riant. Des années plus tard, Joshua n'arrivait toujours pas à dire « Merci beaucoup.» Il préférait dire seulement « merci » ou « merci mille fois ».

Joshua entend le klaxon de sa vieille voiture. Caroline et Guillaume sont là. Il ferme vite les lumières. Il met l'alarme 0806 et il ferme la porte de la boutique à clé.

Il pleut un peu maintenant. Joshua court jusqu'à la voiture. Il ouvre la portière et entre dans la voiture rapidement.

- Salut ma chérie, dit-il en posant un baiser sur la joue de Caroline.
- Comment était ta journée, mon chéri ? Pas trop fatigué ?
- Non, tout va bien. Et mon ange ? dit-il en se tournant vers Guillaume.

Guillaume est dans son siège auto. Il regarde un dessin animé sur le téléphone portable de Caroline. Il ne quitte pas l'écran du regard. Il n'a pas entendu son père lui parler.

- Il ne regarde pas un peu trop de vidéos ? demande Joshua à Caroline.
- Non, je ne pense pas. C'est une émission pour son âge et en anglais. C'est bien pour lui. Il apprend l'anglais en s'amusant. Tu vas voir, tes parents vont être impressionnés.
- J'espère... Mes parents apprennent aussi le français depuis la naissance de Guillaume et ils font de beaucoup de progrès.

Caroline se frotte l'épaule droite.

- Tu as mal au dos, ma chérie ? lui demande Joshua.
- Oui, et c'est de pire en pire.
- C'est peut-être à cause de l'arrivée de mes parents. Ce soir, je vais te masser avec de la crème homéopathique au calendula.
- Tu es adorable.

Dix minutes plus tard, après avoir traversé quatorze ronds-points, la voiture s'arrête devant une petite maison avec un toit en ardoises noires. Le portail et la porte du garage sont fermés. Caroline gare la voiture devant la maison.

- Rentrons vite. J'ai préparé un hachis parmentier végétarien pour ce soir. Il est encore dans le four. J'espère qu'il n'a pas brûlé.

Joshua entre dans la maison, suivi de Caroline et de Guillaume. Ça sent bon le fromage fondu et les légumes.

- J'ai très faim et très soif ! dit Joshua en se servant un petit verre de vin blanc bio.

Exercice du chapitre 4

Dans ce chapitre, Joshua et sa famille sont dans la voiture.

Est-ce que vous pouvez traduire en anglais ce vocabulaire de voiture ?

le volant *steering wheel*

les phares *Headlights*

le pare-brise *Windshield*

le coffre *Boot*

les rétroviseurs *Side mirrors*

la ceinture de sécurité *Seat belt*

une autoroute *Highway*

une contravention *Ticket*

un rond-point *Roundabouts*

le permis de conduire *Licence*

un embouteillage *Traffic Jam*

Chapitre 5
Taylor, Texas

Betsy a passé toute la matinée à regarder les sites de jouets sur internet. Il est bientôt l'heure du déjeuner et elle n'a toujours pas trouvé le cadeau parfait pour Guillaume.

- Je n'en peux plus. J'en ai assez de regarder tous ces jouets !
- Courage, Betsy, tu vas trouver…

John, lui, est revenu de son jogging quotidien. Tous les matins, il court trente minutes. Il fait ensuite dix minutes de méditation. Après il prend sa douche. Puis, il se prépare un café qu'il boit accompagné d'un petit gâteau aux amandes.

John n'a pas bien dormi cette nuit. Il s'est tourné et retourné. Il était angoissé par son voyage en France. Pour trouver le sommeil, il a essayé de réciter les verbes qu'il a appris pendant ses cours de français. D'habitude, cet exercice l'aide à dormir.

- Je suis, tu es, il est, nous sommes, vous êtes, ils sont…J'ai, tu as, il a, nous avons, vous avez, ils ont …Je peux, tu peux, il peut, nous pouvons, vous pouvez, ils

peuvent…Je veux, tu veux, il veut, nous…
- Nous voulons, a dit Betsy qui ne dormait pas non plus. Tu as du mal à dormir ?
- Oui et je récite mes verbes français. Ils ont un pouvoir soporifique sur moi.
- J'espère que toutes ces heures à apprendre le français vont nous servir à quelque chose.
- Moi aussi ! a dit John. Notre dernier voyage n'était pas une réussite. Tu te souviens quand j'ai commandé du canard au restaurant ? Apparemment, j'ai prononcé « connard » à la place de « canard ».
- Oui, a dit Betsy. La prononciation de ces deux mots est presque identique. Tu ne pouvais pas savoir que c'était une insulte.
- Pas de canard pour moi en France, a dit John. Je vais manger seulement du poulet et du poisson.
- Ou peut-être seulement des légumes et du tofu. Je te rappelle que Caroline est végétarienne.
- J'avais oublié. Quel dommage !

Betsy, devant son ordinateur, lève les bras au ciel. Victoire ! Elle vient de trouver le cadeau parfait pour Guillaume. Un superbe déguisement de pirate avec un chapeau, un petit pistolet noir, une épée en plastique et aussi un petit coffre à trésors avec dix fausses pièces d'or.

- Regarde, John… Je pense que Guillaume va adorer ce déguisement. Il va être si mignon en pirate.

John s'approche de l'écran de l'ordinateur.

- Hum, je ne sais pas. Je pense que Caroline ne va pas aimer l'idée du pistolet et de l'épée.
- Tu as raison. Je n'y avais pas pensé. Bon, j'arrête un peu. Je vais chercher autre chose après le déjeuner.

John et Betsy déjeunent ensemble tous les midis. Depuis qu'ils ont pris leurs retraites, ils aiment manger ensemble. Ils ne se voient pas beaucoup pendant la journée. Ils ont chacun leur passe-temps préféré.

Betsy aime bien sûr jouer au mah-jong, lire des romans policiers et tirer sur des cibles immobiles avec son Smith & Wesson calibre neuf millimètres. John, lui, a deux principales activités : le jogging et le modélisme. Quand il ne court pas dans les rues de sa ville, il construit des modèles de monuments célèbres comme Big Ben, La Maison Blanche ou l'Empire State Building. Il vient de commencer le

Château de Versailles : sept mille huit cent quatre-vingt-dix morceaux à assembler ! Maintenant, il se passionne pour les châteaux.

John a une pièce entièrement dédiée au modélisme. Personne n'a le droit d'y entrer. C'est interdit. Sur la porte, il y a une pancarte avec une tête de mort et les mots Attention Danger. C'est lui seul qui nettoie et passe l'aspirateur dans cette pièce depuis que la femme de ménage a aspiré une pièce du toit du Taj Mahal.

La seule activité que Betsy and John font ensemble, c'est un cours de français hebdomadaire. Ils apprennent le français depuis presque trois ans. C'est important pour eux de pouvoir parler français avec Caroline et leur petit-fils. Tous les mardis à dix-sept heures, une professeure de français leur enseigne le langage de Molière. Pour Betsy et John, l'apprentissage du français n'est pas facile. Mais ils savent qu'il faut être patient.

Le déjeuner aujourd'hui est un hamburger avec des frites. Betsy et John finissent en moins de cinq minutes. John se lèche les doigts.

-   C'était délicieux ! C'était une bonne idée de manger un bon repas américain avant notre

départ pour la France.
- John, tu veux un dessert ?

Mais avant de pouvoir répondre, l'iPad de Betsy sonne. Elle court le chercher.

- C'est Joshua !

Leur fils a pris l'habitude de les appeler en vidéoconférence. Betsy espère que tout va bien.

Exercice du chapitre 5

Betsy cherche un jouet pour son petit-fils. Dans cette liste, deux objets ne sont pas des jouets. Lesquels ?

une poupée   *doll*

une voiture télécommandée

un yo-yo

un ventilateur   *fan*

un jeu de société   *board game*

de la pâte à modeler   *modeling clay*

une trottinette   *scooter*

un stérilet   *IUD*

une peluche   *Plush toy*

un déguisement   *costume*

Chapitre 6
Plouhinec, une petite ville de Bretagne en France

Joshua remplit son verre d'un petit vin bio délicieux à six euros la bouteille. Il s'assoit sur le canapé entre Guillaume et Caroline. Il sort le téléphone portable de sa poche et ouvre l'application de vidéoconférence. Il appelle ses parents aux États-Unis.

- Quelle bonne surprise ! Bonjour mon fils. Tu vas bien ? demande Betsy.
- Je vais très bien.
- Et Guillaume aussi ?
- Oui maman, ne t'inquiète pas. Je t'appelle seulement pour savoir si vous êtes prêts pour le départ. Vos valises sont faites ?
- Presque. J'ai encore deux ou trois choses à acheter.

Joshua sent le coude de Caroline lui appuyer sur les côtes. Il sait ce que cela signifie. L'année dernière, pour les deux ans de Guillaume, ses parents avaient une valise pleine de jouets en plastique : trois voitures télécommandées, un mini piano et toute une famille de canards en plastique pour le bain. Caroline déteste le plastique.

- Vous ne nous achetez rien, d'accord ? Nous

n'avons besoin de rien.
- Juste une ou deux choses, dit Betsy. Fais-moi confiance.

Un autre petit coup de coude dans les côtes. On peut voir derrière Betsy sur l'écran de son ordinateur une image d'épée en plastique !

- Et surtout, pas d'armes, dit Joshua. D'accord ?
- Ne t'inquiète pas, dit sa mère en allant vers la cuisine pour y retrouver son mari.
- Très bien. Bon, vous avez vos passeports ? demande Joshua.
- Mais oui. En fait, c'est bien que tu appelles car nous avons une question pour toi.
- Oui ? Je vous écoute.
- Est-ce que tu es sûr que l'on ne va pas vous déranger dans votre petite maison ? Nous pouvons réserver un hôtel, tu sais.
- Pas question. Caroline et moi, nous voulons que vous restiez à la maison.

Un autre petit coup de coude dans les côtes. Caroline n'est pas super contente d'accueillir ses beaux-parents. Franchement, elle préférerait qu'ils restent à l'hôtel, mais Joshua n'est pas d'accord.

- Et puis, ajoute Joshua, il n'y a pas d'hôtel à Plouhinec. L'hôtel le plus proche est à dix kilomètres. Donc, c'est décidé, Guillaume va dormir dans notre chambre. Et vous, vous allez prendre sa chambre. Ce n'est absolument pas un problème. Vous allez être bien installés.

Betsy et John sont à moitié rassurés. La maison de Joshua est vraiment petite. Elle est juste un peu plus grande que la maison qu'ils ont dans le jardin pour ranger leurs outils.

La maison de Plouhinec possède au rez-de-chaussée une cuisine, un salon et des toilettes et au premier étage, deux chambres et une salle de bains. Ce n'est vraiment pas pratique pour cinq personnes, mais ils ne veulent pas vexer leur fils.

- Nous ferons comme tu veux, dit Betsy. Je peux parler à mon petit-fils maintenant ?
- Une minute. Je te le passe, dit Joshua.

Guillaume, qui a presque trois ans, est déjà un habitué des nouvelles technologies. Ce n'est pas bizarre pour lui de voir sa grand-mère sur le petit écran du téléphone comme un personnage de jeu vidéo.

Les discussions entre la grand-mère et son petit-fils sont un peu limitées mais ils ont trouvé un petit jeu qu'ils aiment tous les deux.

- Guillaume, regarde, nous avons terminé de manger.

Avec la caméra de sa tablette électronique, Betsy filme les assiettes sales sur la table de la salle à manger. John a eu la bonne idée de faire disparaître les emballages de hamburger juste à temps pour ne pas choquer sa belle-fille française.

- Maintenant, nous allons boire un café.

Elle ouvre grand le placard à la droite du réfrigérateur.

- Regarde toutes ces tasses, dit Betsy. Tu les aimes ?
- Oui ! répond Guillaume timidement.
- Laquelle est-ce que tu choisis pour moi ?
- La rouge avec le minou.
- Avec le chat ? demande Betsy qui a deviné que minou veut dire chat en langage enfantin.
- Oui, répond Guillaume.

- Et pour ton grand-père ?
- La rose avec l'éléphant.
- Parfait !

Maintenant Betsy ouvre le frigo et en sort des fruits posés dans une grande assiette blanche. Elle pense entendre la voix de sa belle-fille. Caroline doit se demander pourquoi les fruits sont dans le frigo. Mais ce n'est pas grave. Betsy continue.

- Regarde, Guillaume, tous ces beaux fruits. Lequel tu donnes à ton grand-père ?
- La pomme jaune.
- Parfait. Et pour moi ?
- La pomme verte.
- Excellent choix. Bon, nous allons te voir bientôt. Mais en attendant, nous allons manger nos pommes et boire notre café. A bientôt, mon chéri.

La tête de Joshua réapparaît sur l'écran.

- Au revoir mon fils et à bientôt !
- Au revoir. Bon voyage. N'oubliez pas vos passeports.
- Ne t'inquiète pas ! On a encore toute notre tête !

Exercice du chapitre 6

Trouvez le participe passé de ces huit verbes :

vendre   vendu

remplir   *to fill - rempli*

sortir   *sorti*

faire   *fait*

voir   *vu*

pouvoir   *pu*

vouloir   *voulu*

dormir   *Dormi*

choisir   *Choisi*

Chapitre 7
Dans l'avion Air France AF376

John boit une petite coupe de champagne. C'est l'avantage de voyager avec une compagnie aérienne française. Même en classe économique, on a le droit à une petite coupe de champagne avec le repas ! (Bon, peut-être pas du véritable champagne, mais au moins un mousseux acceptable.)

L'avion survole la côte est des États-Unis et John pense à sa vie. Il en a bien profité. Il a voyagé partout dans le monde : Canada, Brésil, Venezuela, Chine... Il a eu des responsabilités importantes dans une banque internationale. Il a pu offrir à sa famille des vacances lointaines chaque année et à son fils, des études supérieures dans une bonne université du Texas... Il pense soudainement à Joshua qui vend maintenant des boîtes de conserves dans un petit village français. Est-ce que c'est la faute de l'altitude ou du vin mousseux ? Il ne sait pas mais il se sent triste tout à coup et il a les larmes aux yeux.

Betsy se penche vers lui. Son haleine sent le vin rouge et les cacahuètes salées.

- John, tu ne trouves pas que Guillaume ne parle pas beaucoup ? Pour un enfant de son âge, il n'a pas beaucoup de vocabulaire.
- Mais non, c'est parce qu'il est bilingue. Il doit apprendre en même temps le français et l'anglais.

Betsy pose sa tête sur l'épaule de son mari.

- John, j'ai une angoisse. Tu penses que l'on a bien fait d'acheter une boîte de Lego pour Guillaume ?
- Mais oui, si le petit est comme moi, il va adorer. Il va pouvoir construire des maisons et châteaux et plein d'autres choses.
- J'ai le pressentiment que Caroline ne va pas aimer parce que c'est du plastique.
- Ne t'en fais pas. C'est bon pour la dextérité du petit. Elle va approuver. Tu t'inquiètes trop.

John a raison. Elle s'inquiète de trop. Mais elle ne veut pas se fâcher avec sa belle-fille qui après tout, a épousé son fils unique. Il faut que leur relation reste amicale. Mais son angoisse revient.

- John, tu as enlevé la boîte de Lego du carton Amazon avant de mettre le papier cadeau ?

- Je ne m'en souviens plus.
- Si Caroline apprend que l'on a acheté le cadeau sur Amazon, on va avoir le droit à une longue discussion.
- De toute façon on n'avait pas le choix. Ils sont les seuls à livrer en quarante-huit heures.
- Ne dis pas ça à Caroline, d'accord ?
- C'est promis, mais toi, arrête de t'angoisser. Tout va bien se passer.

Betsy ouvre son magazine de mode. Elle regarde quelques pages. Tous les mannequins n'ont pas plus de seize ans et leurs vêtements sont moches et chers. Elle referme son magazine, dégoûtée.

- John, tu ne penses pas que dix jours, c'est trop long ?
- Trop long ? Pourquoi?
- Je ne sais pas... Leur maison est si petite. On va être les uns sur les autres. Et puis... Ce n'est pas gentil ce que je vais dire mais...je ne comprends rien quand Caroline me parle. On aurait dû prendre une chambre d'hôtel.
- Tout va bien se passer.

John prend une gorgée de champagne-mousseux. Il regarde avec amour sa femme.

- Et puis, rappelle-toi, les cinq derniers jours, on va louer une voiture et faire un peu de tourisme. Tous les deux. Toi et moi.
- Oui, c'est vrai, j'avais presque oublié, dit Betsy rassurée.
- J'ai hâte de visiter les châteaux du coin. J'ai travaillé pendant deux mois sur un itinéraire. Tu vas voir, cela va être magnifique.
- J'aimerais aussi voir quelques magasins d'antiquités. Je voudrais ramener à mes amies des cadeaux originaux de la France.
- Bien sûr, nous nous arrêterons dans tous les magasins d'antiquité.

John embrasse Betsy sur le front. Cette fois, Betsy est apaisée. Elle s'endort tranquille. Dans son rêve, elle s'imagine chez un antiquaire. Elle fouille et farfouille dans une boutique qui ressemble à la caverne d'Ali Baba. Elle trouve de la vaisselle en porcelaine, des vêtements en dentelle, et des vielles cartes postales des années 1920. Le bonheur !

Exercice du chapitre 7

Dans ce chapitre, John et Betty sont dans un avion. Ils arriveront en France dans quelques heures.

Écrire ces phrases au futur de l'indicatif.

Elle achète un cadeau.

Elle achètera un cadeau.

Elle pose sa tête sur son épaule.

Posera

Il pense à sa vie.

Pensera

Il va mieux.

Ira

Je m'en souviens.

~~Souventrai~~   _Souviendrai_

Je ne sais pas.

Saurai

Nous pouvons nous endormir.

Pourrons

Vous vous imaginez chez un antiquaire.

Imaginerez

L'avion survole la côte est des États-Unis.

Survolera

Chapitre 8
A l'aéroport de Nantes

Dans l'aéroport, les voyageurs marchent rapidement. Ils tirent leurs valises avec effort. Ils s'arrêtent de temps en temps pour regarder leurs téléphones. Leurs valises sont petites, moyennes ou grandes. Elles sont souvent noires mais parfois rouges, vertes ou jaunes.

Par le haut-parleur, on entend « Le vol KLM DK267 à destination d'Amsterdam embarquement immédiat porte quarante-trois... Monsieur et Madame Lavoix sont attendus porte vingt-sept... Attention, il est strictement interdit de laisser ses valises sans surveillance... »

L'aéroport est très bruyant.

Joshua regarde le tableau d'affichage. Les avions arrivent de nombreuses destinations : Bastia, Marseille, Toulouse, Lyon, Montpellier et Paris... Joshua trouve facilement l'avion de ses parents sur le tableau des arrivées. Pas de retard. Ouf ! L'avion est à l'heure. Il va atterrir dans moins de vingt minutes.

Joshua est très content de revoir ses parents

même s'il redoute un peu leur séjour. Vivre ensemble dix jours, dans une petite maison, ne va pas toujours être facile.

En plus, il sait que la relation entre ses parents et Caroline n'est pas sans nuages. Ses parents accusent toujours Caroline de lui avoir fait abandonner sa carrière. Joshua espère que cette fois-ci, il va pouvoir partager sa vie avec eux. Ils vont enfin voir qu'il est un homme comblé, honnête, et heureux.

Caroline et Guillaume se sont arrêtés dans une boutique de presse. Maintenant, ils arrivent avec leurs achats, un magazine pour les 2-4 ans et le journal du coin.

Guillaume semble très content. Il s'assoit par terre et commence à tourner les pages de son magazine.

- Ils seront là dans cinq minutes, dit Joshua à Caroline. Leur avion vient juste d'atterrir.
- C'est super. Ils n'ont pas raté leur correspondance à Paris. Ils vont être très fatigués.
- Oui. Aujourd'hui, on va les laisser se reposer.
- Tu penses qu'ils vont aimer leur chambre ?

- Absolument, dit Joshua. Ils vont adorer. Nous avons tout préparé : le lit, les deux tables de nuit, les deux lampes et une armoire pour mettre leurs affaires. Ils vont être très bien installés.

Caroline planifie dans sa tête le déroulement de la journée : installation dans la chambre, apéritif de bienvenue, balade dans le village pour prendre l'air… Est-ce que la bouteille de Crémant de la Loire est dans le frigo ?

Caroline regarde son fils jouer sur le sol. Il souffle sur un petit bout de papier qu'il a déchiré de son magazine et essaie de le faire avancer. Ce n'est pas très propre mais Caroline le laisse jouer. Son fils développe son imagination. Elle est fière de lui. Il peut jouer avec peu.

- C'est une chance d'avoir trouvé Sandrine pour s'occuper de notre boutique ! dit Joshua. Je passerai la voir de temps en temps pour vérifier si tout va bien.
- Ce n'est pas la peine. Elle m'a dit qu'elle n'hésiterait pas à nous appeler si elle avait une question, dit Caroline en regardant son téléphone portable.
- Tu pourras lui donner aussi mon numéro de téléphone ? demande Joshua.

Caroline est tout à coup très concentrée sur la lecture d'un mail. Elle est silencieuse.

- Il se passe quelque chose ? demande Joshua, inquiet.
- Non, pas du tout...Excuse-moi... C'est un mail de Paul. Il nous invite à son anniversaire le week-end prochain. Trente-cinq ans ! Il va faire une grosse fête à Paris.
- Dommage, j'y serais bien allé.

Il y a du mouvement aux arrivées des vols. Les voyageurs sortent.

- C'est eux ! crie Joshua en apercevant ses parents.

Exercice du chapitre 8

Après un long voyage, John et Betsy arrivent à l'aéroport de Nantes.

Voici une liste de mots. Trois sont des intrus. Lesquels ?

une carte d'embarquement *boarding pass*

un râteau *rake*

un terminal

atterrir *to land*

un arrosoir *watering can*

une valise *suitcase*

décoller *take off*

un vol *A flight*

la douane *customs*

une pelle *shovel*

Chapitre 9
Plouhinec, France

Les premiers jours se passent très bien. John et Betsy restent à la maison. Ils passent beaucoup de temps avec Guillaume.

Guillaume aime jouer à cache-cache avec sa grand-mère. Betsy ferme les yeux et compte jusqu'à vingt : un, deux, trois, quatre, cinq…quinze, seize, dix-sept, dix-huit, dix-neuf, vingt. Pendant ce temps, Guillaume va se cacher soit dans le jardin, soit dans le garage. Ensuite, Betsy le cherche en criant « attention, j'arrive…je te vois… »

Betsy doit faire attention car, dans le jardin, il y a beaucoup d'insectes. Et elle déteste les insectes. Dans le garage, ce n'est pas mieux. Il y a des énormes toiles d'araignées noires et pleines de poussière. La maison est très vieille. Elle date de 1890. Et Betsy pense que certaines toiles d'araignée datent de cette époque !

Avec son grand-père, Guillaume aime lire. John a ramené quelques livres des États-Unis. Des histoires spécialement écrites pour les enfants. Guillaume aime écouter son grand-père lire en anglais mais parfois il en a assez. Dans ce cas, il donne à son grand-père quelques livres écrits en français.

Guillaume rit en entendant son grand-père lire en français.

- Une abeille mange une feuille sur un fauteuil, dit Guillaume en montrant l'illustration.

Bien sûr, trois générations sous le même toit, ce n'est pas tous les jours facile. Mais pour le moment, toute la famille cohabite en paix. Tout le monde fait des efforts.

- Caroline, j'aimerais faire à manger pour vous ce soir. C'est possible ? demande Betsy.
- Oui, avec plaisir. Est-ce que vous avez besoin de quelque chose de spécial ? Je vais faire des courses cet après-midi. Je peux acheter ce que vous voulez.

Betsy revient avec une liste qui laisse Caroline perplexe. Sur une petite feuille de papier, Betsy a écrit : quatre piments rouges, un pot de mayonnaise, du fromage râpé et du cèleri. Elle a ajouté aussi du ketchup et des œufs.

Pendant ce temps, John et son fils vont au magasin de bricolage.

- Je vais acheter un peu d'huile, dit John. J'ai remarqué que quelques portes grincent.
- Tu as raison. Tu sais, la maison est très vieille. Beaucoup de portes grincent et ne ferment pas bien.
- Je vais acheter aussi une ampoule plus forte pour mettre dans les toilettes.
- Comme tu veux.

Le soir, toute la famille se retrouve autour de la table pour manger. Les grands-parents américains ont l'habitude de dîner à 17 heures pile. Caroline et Joshua mangent vers 20 heures. Alors, ils ont coupé la poire en deux. Ils mangent à 18 heures 30.

- Hum, c'est délicieux, dit Caroline en reprenant une petite cuillerée du plat préparé par Betsy.
- Vous aimez ?

En fait, Caroline trouve cela horrible. Elle a regardé horrifiée sa belle-mère préparer ce plat, un mélange de piments, de fromage râpé et de mayonnaise.

- Vous aimez vraiment ? répète Betsy.
- Oui, c'est délicieux.
- C'est une spécialité du sud des États-Unis. Le plat s'appelle Pimento Cheese. Je peux vous donner la recette si vous voulez.
- Oui, avec plaisir, répond Caroline.

La suite de la soirée est tranquille. Guillaume va au lit tôt. John lit le journal, le Houston Chronicle, sur sa tablette électronique dans le salon. Joshua débarrasse la table. Betsy et Caroline sont dans la cuisine.

- J'ai plein d'idées pour l'anniversaire de Guillaume, dit Betsy.
- Vraiment ? dit Caroline d'une voix fatiguée.

Exercice du chapitre 9

Voici quelques mots utilisés dans ce chapitre. Est-ce que ces mots sont féminins ou masculins ?

un ou une araignée

un ou une fauteuil

un ou une jardin

un ou une poussière

un ou une piment

un ou une cuillerée

un ou une ampoule

un ou une œuf

un ou une recette

un ou une insecte

Chapitre 10
Dans la chambre de Guillaume

Sur les murs de la chambre de Guillaume, il y a des illustrations d'animaux sauvages : des lions, des éléphants et des zèbres. Il y a aussi une petite étagère en bois clair. Et sur cette étagère, il y a une douzaine de coquillages ramassés sur les plages de la région et trois animaux en peluche : un ours, un serpent, et une autruche.

Guillaume aime beaucoup les animaux. C'est pour cela que Betsy a proposé à Caroline d'amener Guillaume au zoo pour son anniversaire. Quand Betsy a abordé cette idée, Caroline a tout de suite refusé.

- Les zoos sont des institutions qui exploitent les animaux, a dit Caroline fermement.
- Mais mon petit-fils aime tellement les animaux.
- Oui, je sais mais il n'aime pas les animaux en cage. Non, une visite de zoo est hors de question.
- Alors, peut-être l'aquarium ? a demandé Betsy. C'est intéressant une visite d'aquarium.

Caroline n'a pas trouvé cette idée en alignement avec ses valeurs mais elle était fatiguée de lutter et elle a accepté.

- D'accord pour l'aquarium mais pas de spectacle de baleines, a dit Caroline. D'accord ?
- Fantastique, a dit Betsy. Je peux peut-être faire un gâteau en forme de requin ?
- Bonne idée, Betsy. Bon, je vais monter me coucher. Je suis morte de fatigue. Bonne nuit.
- Bonne nuit, Caroline.

Il fait un peu froid dans la chambre de Guillaume. Bien au chaud dans le lit, Betsy remarque que son petit-fils n'a pas de peluche de requin. Il va falloir lui en acheter une. John, allongé à côté d'elle, fait des mots croisés.

- Une arme en cinq lettres, dit John à haute voix. La deuxième lettre est la lettre « A. »
- *Saber (*sabre*)*, répond immédiatement Betsy.

Betsy est douée pour les mots croisés. Tous les jours depuis des années, elle fait avec John les mots croisés du Houston Chronicle.

- Tu penses qu'ils ont aimé mon plat ce soir ?

demande-t-elle.
- Ils ont adoré. Caroline t'a demandé la recette.
- C'est vrai. Je pense qu'elle a bien aimé aussi mon idée de visite de l'aquarium pour l'anniversaire de Guillaume.
- Parfait. Et après l'anniversaire, je t'emmène visiter les châteaux et les antiquaires de la région !
- J'ai hâte de voyager avec toi. Quand est-ce que tu penses prévenir Caroline et Joshua que l'on va partir quelques jours ?
- Je ne sais pas… Pour être honnête, je ne sais pas comment leur annoncer. J'ai peur de les vexer.

John est de nouveau le nez dans les mots croisés.

- Une escapade en neuf lettres. La troisième lettre est la lettre « V ».
- *Adventure* !

Il est vingt-deux heures. C'est bientôt l'heure de dormir. Et comme beaucoup d'hommes de son âge, John doit passer aux toilettes avant de dormir.

Il descend l'escalier lentement. Les marches en bois craquent sous ses pieds. Il déteste les vieilles maisons. Il a dans la main droite une petite bouteille de gel hydro-alcoolique. Il ne comprend pas pourquoi il n'y a pas de lavabo dans les toilettes françaises. Il ouvre la porte sans bruit grâce à l'huile qu'il a achetée ce matin et appuie sur l'interrupteur. Une lumière intense lui fait fermer les yeux. Cette nouvelle ampoule est parfaite. Maintenant, il peut voir ce qu'il fait.

Tout semble calme et silencieux dans la maison. Mais, s'il tend l'oreille, s'il fait très attention, il peut entendre faiblement la voix de Caroline et celle de Joshua. La chambre de son fils et de sa belle-fille est juste au-dessus des toilettes.

- On pourrait peut-être laisser Guillaume à mes parents… dit Joshua, quelques jours… après son anniversaire…
- C'est une excellente idée, répond Caroline. On pourra aller à Paris faire la fête avec Paul.

John ne tire pas la chasse des W.C. et il oublie la petite bouteille de gel hydro-alcoolique posée à côté du papier toilette. Il remonte l'escalier quatre à quatre.

- Betsy, il y a un problème. Ils veulent nous laisser Guillaume après l'anniversaire. On peut dire au revoir à notre visite des châteaux et des antiquaires. Il faut vite trouver une solution.

- Laisse-moi réfléchir, répond Betsy…Ah ! Je pense que j'ai une idée.

Exercice du chapitre 10

Betsy et John aiment les mots croisés. Est-ce que vous pourriez trouver les cinq mots suivants :

1. Période qui va de la naissance à la mort. (3 lettres)

_____ _____ _____

2. Un bébé chien. (5 lettres)

_C_ _4_ _I_ _O_ _T_

3. Partie du corps humain située à l'extremité du bras et allant du poignet au bout des doigts. (4 lettres)

_M_ _a_ _'_ _n_

4. Abri construit par les oiseaux pour y déposer leurs œufs. (3 lettres)

_N_ _I_ _n_

5. Liquide souvent noir ou bleu dont on se sert pour écrire ou imprimer. (5 lettres)

E   N   C   R   E

Chapitre 11
Dans la chambre de Caroline et Joshua

Comme tous les soirs depuis l'arrivée des grands-parents, Guillaume dort dans la chambre de ses parents. Il a dans les bras son petit singe Fifi. Le petit animal en peluche le suit partout. Guillaume ne peut pas s'endormir sans lui.

Joshua ne pensait pas aimer autant son rôle de père. Il adore, par exemple, cuisiner avec son fils. Tous les lundis ils préparent ensemble une pizza. Une pizza de A à Z. Ils font la pâte avec de la farine, de la levure, une pincée de sel et de l'eau. Ensuite, ils mettent la garniture : la sauce tomate, le fromage râpé, les anchois, le chorizo de tofu…C'est délicieux.

Joshua regarde son fils. C'est vraiment chouette d'être père … mais c'est chouette aussi d'être quelques jours sans enfant. La dernière fois que Caroline et lui ont voyagé sans enfant, c'était…C'était… Il ne s'en souvient plus. Bref, Joshua pense de plus en plus que c'est une bonne idée de laisser Guillaume quelques jours à ses parents et d'aller faire la fête à Paris.

- Ma chérie, cela fait trop longtemps que l'on n'est pas partis ensemble.

- C'est vrai ! Imagine quatre jours, juste toi et moi à Paris.
- Écoute… Nous avons quelqu'un qui s'occupe de la boutique, et mes parents qui s'occupent de Guillaume. Nous n'allons pas avoir cette opportunité tous les jours !

Joshua se tourne vers sa femme et commence à l'embrasser. Caroline tourne légèrement la tête.

- Est-ce que tu penses que tes parents vont pouvoir s'occuper correctement de Guillaume ?
- Mais bien sûr. Ils se sont bien occupés de moi.
- Il y a trente ans ! Cela ne me rassure pas, regarde ce que tu es devenu, dit Caroline en riant.

Joshua fait semblant de faire la tête.

- Guillaume a trois ans dans deux jours, dit Caroline. Il est très dynamique. Il faut le garder à l'œil constamment.
- Ne t'en fais pas. Mes parents peuvent surveiller notre fils.

Caroline embrasse Joshua et le regarde amoureusement.

- Et puis, il y a autre chose…
- Quoi ?
- Je trouve tes parents un peu …
- Un peu quoi… ?
- Je ne sais pas, nous habitons dans une des plus belles régions de France mais ils passent toutes leurs journées assis sur le canapé à faire des mots croisés ou à jouer avec Guillaume. Ils ne sortent jamais. Ils ne partent jamais à l'aventure.
- C'est normal, ils veulent passer le plus de temps possible avec leur petit-fils.

Caroline pose sa tête sur l'épaule de son mari.

- Il y a autre chose.
- Quoi d'autre ? demande Joshua.
- Qu'est-ce que Guillaume va manger ? Ta mère n'est pas vraiment une bonne cuisinière. Et ton père ne cuisine pas.
- Nous trouverons une solution. Peut-être que l'on peut remplir notre congélateur de bons petits plats.
- Oui, pourquoi pas, avoue Caroline.
- N'aie pas peur. Ma mère ne va pas empoisonner son petit-fils.

Caroline embrasse longuement Joshua.

- D'accord, c'est décidé. Demain, nous préviendrons tes parents que nous allons partir quelques jours.
- Juste une chose... Je pense que l'on doit être diplomate. On ne peut pas leur dire que l'on part faire la fête avec des amis. Ils peuvent se vexer.
- Laisse-moi faire, dit Caroline. J'ai une idée !

Exercice du chapitre 11

Joshua pense que ses parents peuvent s'occuper de Guillaume pendant quelques jours. Et vous ? Seriez-vous capable de vous occuper d'un jeune enfant ?

Voici une liste d'objets. Lesquels ne sont pas à mettre dans les mains d'un gamin ?

1. une poupée *A doll*
2. un ours en peluche *Stuffed bear*
3. un canard en plastique *Plastic duck*
4. un marteau *Hammer*
5. un jeu de cartes *Deck of cards*
6. une tétine *Pacifier*
7. un clou *Nail*
8. un ballon
9. une perceuse *Drill*
10. une scie électrique *Electric saw*

Chapitre 12
Le lendemain dans la cuisine

Il est neuf heures du matin. Le soleil brille déjà dans le ciel. La cuisine sent bon le café. Caroline s'est levée tôt ce matin. Elle a voulu faire des crêpes. Joshua l'a rejointe peu après huit heures.

- Des crêpes ! J'adore ça, dit Joshua.
- Oui, c'est mon action séduction pour tes parents. Est-ce que Guillaume est toujours au lit ?
- Oui, il dort encore. Un vrai petit ange. Je n'arrive pas à croire que demain il va avoir trois ans.
- Ça passe vite ! Tiens, chéri, aide-moi. Pose cette assiette de crêpes sur la table avec le sucrier et le pot de confiture à la fraise.

Joshua se sert un bol de café de commerce équitable avec une goutte de lait d'amandes. Il pose ensuite sur la table l'assiette de crêpes, le sucrier et le pot de confiture.

- Mes parents vont adorer.
- Qu'est-ce que nous allons adorer ? demandent John et Betsy qui viennent

d'arriver dans la petite cuisine.

Joshua et Caroline sursautent. Ils ne les ont pas entendus entrer.

- Bonjour, vous avez bien dormi ? demande Joshua.
- Très bien, merci, répond John en posant ses mots croisés sur la table.
- Oui, très bien, répète Betsy. Ça sent bon. Tu as fait des crêpes, Caroline ? Quelle bonne idée !

Les grands-parents sont de bonne humeur, mais Joshua remarque tout de suite quelque chose de bizarre. Cela lui prend un peu de temps pour trouver le problème.

- Maman, tu as ta brosse à dents dans la poche de ton chemisier. Et toi, dit-il en regardant son père, tu portes seulement une chaussette. Où est la deuxième ?
- Aucune idée, répond John nonchalamment.

Caroline s'arrête un instant de verser la pâte à crêpe dans la poêle.

- Alors demain c'est le grand jour ? demande Betsy. C'est l'anniversaire de Guillaume.

Qu'est-ce que l'on a décidé de faire déjà ?
- Vous vous en souvenez ? demande Caroline. C'est votre idée. Nous allons visiter l'aquarium.
- Ah oui, c'est vrai, dit Betsy. J'avais oublié.
- Nous partirons dans l'après-midi après la sieste de Guillaume et puis le soir nous ferons une petite fête.
- Est-ce que nous allons...

Mais Betsy n'a pas le temps de finir sa phrase. John a les yeux fixés sur les mots croisés et il lui dit :

- Betsy, en neuf lettres, une viennoiserie française en forme de lune. On le mange surtout au petit-déjeuner. La première lettre est un « c ».
- Cabaret...Cannabis ...Cappuccino ... Caramel...Non, aucune idée... Je ne sais pas.

Caroline jette un coup d'œil à Joshua. Elle est étonnée. Son mari lui a toujours dit que Betsy et John étaient des professionnels des mots croisés. En observant Joshua, elle comprend que son mari aussi est surpris.

- Je ne sais pas, dit Betsy.

- Mais, dit Joshua, c'est «croissant» évidemment !
- Comment ?
- La réponse, c'est croissant !

Exercice du chapitre 12

Caroline, Joshua, Betsy et John prennent leur petit déjeuner. Ils boivent du bon café et mangent chacun une bonne crêpe.

L'adjectif « bon » devient « bonne » au féminin.

Trouvez le féminin de ces adjectifs :

masculin	féminin
bon	bonne
doux	douce (soft)
heureux	heureuse
beau	belle
neuf	neuve
vieux	vieille
récent	récente
frais	frisa fraîche (cool)
salé	salée

Chapitre 13
Le jour de l'anniversaire

Betsy passe le début d'après-midi à cuisiner. Elle essaie de faire un beau gâteau en forme de requin pour Guillaume.

Caroline passe dans la cuisine pour prendre un verre d'eau. Elle remarque sur le plan de travail : un grand paquet de farine, un paquet de sucre à moitié vide, de la vanille, des pépites de chocolat, du sucre glace, des œufs et une petite bouteille de colorant alimentaire bleu.

- Pas trop de sucre ni de colorant, dit Caroline avant de sortir de la cuisine.
- Oui, oui, répond Betsy excédée.

Une heure trente plus tard, après la cuisson et la décoration du gâteau, Betsy sort enfin de la cuisine. Il faut partir pour l'activité de la journée. Toute la famille se prépare pour la visite de l'aquarium.

- C'est l'heure de partir, dit Joshua.
- En voiture ! dit John. Betsy, tu es prête ?
- Oui, oui, presque, dit Betsy. Quelqu'un a vu mes chaussures bleues ? Impossible de les trouver.

- On les recherchera plus tard, dit Joshua. Il faut partir maintenant. Mets tes autres chaussures.
- D'accord ! D'accord ! répond Betsy.

L'aquarium est à seulement vingt minutes de la maison. Quand ils arrivent, ils voient quelques touristes qui attendent pour entrer. C'est presque l'été. La ville est déjà envahie par les Japonais, les Allemands et les Italiens.

Toute la famille fait la queue patiemment. Betsy et John, Caroline et Joshua, et Guillaume sont impatients d'admirer les beaux poissons. Guillaume est surexcité à l'idée de voir des tortues et peut-être même des requins. Il saute et court partout.

Pendant que John achète les cinq billets, Betsy emmène Guillaume vers la boutique de souvenirs de l'aquarium. Caroline les suit de près. Elle ne veut pas que sa belle-mère achète encore un jouet inutile.

L'année dernière, Betsy avait ramené un tas de jouets en plastique que Caroline a tout de suite donné à une association caritative. Caroline pensait pourtant avoir été claire : pas de jouet en plastique pour son fils.

- Regarde, Guillaume, dit Betsy en lui montrant une petite tortue très réaliste, elle est belle celle-là. Tu pourras prendre ton bain avec elle.
- Oui ! Belle tortue, dit Guillaume, intéressé.
- Mais elle est en plastique, dit Caroline. On a dit pas de jouet en plastique.
- Ah oui, j'avais oublié, dit Betsy qui pense à la boîte de Lego dans sa valise.

Betsy continue et aperçoit plus loin une petite boîte décorée de poissons multicolores.

- Oh, regarde ça… C'est une petite boîte en métal pour ranger ta collection de coquillages. Elle est belle, non ? Et elle n'est pas en plastique, dit Betsy en regardant sa belle-fille.

Guillaume semble intéressé. Mais sa mère regarde la boîte plus en détail.

- Non, ça ne va pas. Cette boîte a été fabriquée en Chine.
- Et alors ? demande Betsy.
- Nous préférons dépenser notre argent sur

les jouets fabriqués localement.

Betsy hausse les épaules. Sa belle-fille n'est vraiment pas facile. Betsy se dirige maintenant vers des savons aux algues de la région. Ils ont la forme de coquillage ou de poisson.

- Ça, c'est une bonne idée, dit Betsy, en portant un savon à son nez. Il sent très bon.

John et Joshua arrivent soudainement dans la boutique. John tient dans sa main cinq billets : deux billets plein tarif pour Joshua et Caroline, deux billets tarif réduit pour les seniors et un billet gratuit pour les moins de cinq ans.

- La visite peut commencer, dit John, excité. On va voir les tortues ?
- Oui ! Oui ! Tortues ! crie Guillaume.

Betsy est à la caisse. Elle achète deux savons aux algues pour ses amies Ann et Laura.

- J'arrive, dit Betsy. Une minute…

Exercice du chapitre 13

Betsy a perdu ses chaussures.

Le verbe « perdre » est conjugué ici au passé composé « a perdu. »

Écrivez la suite des phrases au passé composé avec le sujet « elle ».

Infinitif	Passé composé
perdre	Elle a perdu
prendre	Pris
aller	Allée
voir	Vu
arriver	Arrivée
attendre	Attendu
courir	Couru
vouloir	Voulu
tenir	Tenu

Chapitre 14
À l'aquarium

La famille entre dans un tunnel décoré comme un fond marin. On y voit des coquillages, des algues et des rochers. Après avoir traversé ce faux tunnel, les visiteurs arrivent devant un énorme aquarium rempli d'animaux marins.

La famille s'approche lentement. Le spectacle est magnifique. Il y a plus d'une centaine de poissons différents. Ils ont des couleurs très vives : jaune, rouge, vert. Ils nagent sans se toucher. C'est magique !

Tout à coup apparaît une énorme tortue.

- Regarde, Guillaume, dit John, c'est une… c'est une… Comment s'appelle cet animal encore ?
- Une tortue, dit Joshua en regardant Caroline du coin de l'œil. Les tortues marines peuvent vivre jusqu'à quatre-vingts ans, tu sais.
- Vieux comme toi ? dit Guillaume en regardant son grand-père.

Mais John n'entend pas son petit-fils. Avec tous les enfants qui crient et courent partout, il y a beaucoup trop de bruit. John sort son téléphone portable de sa poche et après quelques recherches, commence à lire le paragraphe sur les tortues marines. Personne ne l'écoute mais il continue à lire.

- Les tortues marines sont des reptiles qui respirent l'air et ont des poumons. Elles doivent régulièrement faire surface pour respirer. Elles passent la majorité de leur temps sous l'eau et doivent donc pouvoir retenir leur souffle longtemps. La durée de la plongée dépend en grande partie de l'activité. Une tortue marine à la recherche de nourriture peut passer de cinq à quarante minutes sous l'eau, tandis qu'une tortue de mer endormie dépense moins d'oxygène et peut rester sous l'eau pendant quatre à sept heures.

John arrête de lire. Il lève la tête de l'écran de son téléphone pour s'apercevoir que toute sa famille est partie. Ils observent maintenant un poisson jaune et bleu qui mange une crevette.

- On va voir les requins maintenant ? crie Guillaume excité.

Pour aller vers l'aquarium des requins, on passe

devant l'espace aux pingouins. Quelle chance ! C'est l'heure du repas. C'est un spectacle à ne pas manquer. Un homme lance des sardines aux pingouins affamés.

- Ils sont très mignons, dit Betsy. C'est comme s'ils portaient un petit smoking. *tuxedo!*
- Regarde celui-là, Guillaume, dit Joshua, il va pousser son ami pour manger. Il va tomber dans l'eau. Plouf ! Il est tombé.
- Oh, regarde ce pingouin, dit Caroline tristement. il a les deux pieds abimés. Il a dû avoir un accident.

Soudain, surement attiré par l'odeur de la nourriture, une créature sort de l'eau.

- *seal* Phoque, crie Guillaume. Grand phoque !

Tous les spectateurs anglophones tournent la tête vers Guillaume.

- Phoque ! Phoque ! répète plus fort Guillaume, content de l'attention.

Betsy prend sa main.

- Allons voir les requins maintenant. D'accord ? dit Betsy.

- Oui ! les requins, dit Guillaume.

Dans la salle des requins, il y a un guide qui parle à un groupe de touristes espagnols. Caroline, qui a étudié l'espagnol au lycée et à l'université, écoute le guide et traduit en français.

- Il y a dix-neuf requins dans cet aquarium. L'aquarium mesure dix-huit mètres de long et cinq mètres de haut… Le grand requin à droite est un requin gris. Il mange des petits poissons, des calamars et des pieuvres…Il mesure plus de deux mètres et vit d'habitude dans le Pacifique… Le requin à gauche…

Guillaume s'assoit par terre. C'est un signe qu'il est maintenant fatigué. Il a vu assez de poissons, de requins, de tortues, de pingouins et de phoques pour la journée. C'est l'heure de partir.

Exercice du chapitre 14

Dans un aquarium, on voit tout un tas de poissons, des requins, des tortues, des pingouins...

Mais quels sont parmi les animaux de cette liste, ceux que l'on ne peut pas voir dans un aquarium ?

une sauterelle *Grasshopper*

une méduse *Jelly Fish*

un bernard-l'ermite *Hermit crab*

un cafard *Cockroach*

une étoile de mer *Starfish*

une langouste *Lobster*

une lotte *Monkfish*

un hippocampe *Seahorse*

une coccinelle *Ladybug*

une mouche *Fly*

Chapitre 15
Retour à la maison

Dans la voiture qui ramène toute la famille à la maison, c'est le silence. Tout le monde est crevé.

- C'était vraiment une activité sympathique. Tu as aimé, Thomas ? demande Betsy.
- Il s'appelle Guillaume, la corrige Joshua.
- Bien sûr... Pardon. Tu as aimé, Guillaume ?

Mais Guillaume dort déjà. Il rêve de poissons multicolores et de plongée sous-marine. Il serre dans ses bras le requin en peluche que sa grand-mère lui a acheté.

- Vous avez eu une bonne idée, Betsy, dit Caroline. Guillaume a adoré. Il s'est bien amusé.
- Merci ! Je me suis amusée aussi. Je suis très contente. Je suis heureuse aussi d'avoir acheté deux savons aux algues pour mes amies. J'aime ramener des petits souvenirs de France.
- Vous avez choisi les savons en forme de coquillage ou en forme de poisson ? demande Caroline.

Betsy regarde dans son sac à main. Elle fouille

un peu partout. Bizarre.

- Je ne trouve pas les savons dans mon sac. Mince. J'ai dû les oublier dans la boutique.
- Vous êtes sûre ? demande Caroline.
- Oui, je ne les trouve pas.
- Vous voulez revenir les chercher ?
- Non... Je préfère rentrer à la maison maintenant. Je suis si fatiguée et j'ai envie de manger une part de gâteau !

Le téléphone de Caroline se met à vibrer. Joshua lui fait signe de prendre l'appel. On ne sait jamais. C'est peut-être Sandrine qui a une question pour la boutique.

- Allô... Oui, je comprends... Est-ce que c'est grave ? Oui...Non... Oui...Bien sûr... Tu peux compter sur nous.

Joshua est inquiet.

- Est-ce que quelque chose se passe à la boutique ?
- Non... Non...C'était ma mère. Elle vient d'avoir un accident de voiture !
- Merde ! Comment va-t-elle ?
- Elle va bien. Mais elle a les deux pieds

cassés.

- Les deux pieds cassés ? répète Betsy.
- Oui, les deux pieds. Elle doit rester dans un
- fauteuil roulant pendant trois semaines.
- Trois semaines ! répète Joshua.
- Oui, trois semaines. Elle voudrait nous avoir chez elle, Joshua et moi, quelques jours pour l'aider à s'organiser.
- Oui. Bien sûr. Bien sûr. Nous comprenons, dit John.
- Est-ce que vous pourriez garder Guillaume ? demande Caroline.
- Sans problème, disent Betsy et John.
- C'est très gentil, merci, répond Caroline, en faisant un clin d'œil à Joshua.

Exercice du chapitre 15

Dans ce chapitre on trouve la phrase : J'ai envie <u>de</u> manger une part de gâteau.

Ici, on utilise la préposition « de » après le verbe « avoir envie »

Choisir pour ces phrases, la bonne préposition : « **à** », « **de** », ou simplement rien.

1. Joshua commence __à__ travailler à 10 heures du matin.

2. Il adore _____ s'occuper de la boutique.

3. Il essaie __de__ parler français avec les clients.

4. Joshua aime _____ habiter en France.

5. Il préfère __à__ rester en France que rentrer au Texas.

6. Il a choisi __de__ vivre dans une petite maison et __de__ conduire une vieille

voiture.

7. Joshua est content __de__ faire visiter sa région à ses parents.

8. Joshua rêve __de__ passer plus de temps avec sa femme.

9. Il hésite __à__ parler franchement à ses parents.

10. Joshua a hâte __de__ boire un petit verre de vin rouge le soir avec son diner.

Chapitre 16
Plus tard dans la journée

Caroline ouvre toutes les fenêtres du salon pour faire entrer un peu de fraîcheur dans la maison. Betsy, John, Joshua et Guillaume attendent patiemment l'arrivée du gâteau.

- D'habitude, on mange le gâteau après le dîner, dit Caroline, mais le pauvre petit Guillaume est crevé. Il va aller se coucher tôt ce soir. Un bain et au lit !
- Moi, dit John, je trouve que c'est une bonne idée de manger le gâteau maintenant.
- Alors très bien, dit Caroline. Je vais le chercher.

Caroline disparaît dans la cuisine. Pendant ce temps, Betsy ferme toutes les fenêtres du salon. Il y a bien assez d'insectes comme cela dans la maison. Betsy ne comprend pas pourquoi les fenêtres françaises sont si peu pratiques : pas de moustiquaires, des volets en bois impossibles à fermer... Elle disparait ensuite dans sa chambre quelques minutes. Elle a décidé de cacher la boîte de Lego sous le lit de Guillaume. Elle le lui dira quand elle sera en sécurité chez elle à Taylor, Texas.

Dans le salon, sur le canapé, Guillaume joue aux dominos avec son grand-père. Ils sont tous les deux concentrés. John place une pièce de domino avec cinq points noirs à côté d'un domino avec trois points noirs.

- Non, dit Guillaume en enlevant la pièce.
- Tu es sûr ? dit son grand-père.
- Oui ! Sûr.

Joshua met sur la table cinq assiettes à dessert, deux petites cuillères, trois fourchettes, et cinq serviettes. Il sait que les Français mangent leur dessert avec une petite cuillère.

- Merci, dit Joshua en regardant sa mère et son père. C'est vraiment gentil de votre part de garder Guillaume pendant quelques jours.
- Bien sûr, dit Betsy. Pas de problèmes. Pauvre Marie-Dominique ! Avoir les deux pieds cassés. C'est horrible. Vous pouvez compter sur nous. Va aider ta belle-mère. On gardera Guillaume.
- Vous êtes vraiment gentils. Nous partirons après-demain. D'ailleurs, est-ce que vous voulez visiter une ville ou un monument demain ?
- Oui, on aimerait bien visiter un château, dit

John. En ce moment je suis passionné par les châteaux. Tu sais que je commence juste un modèle du château de Versailles ?

Dans la cuisine, Caroline prépare trois bougies et le briquet pour les allumer. Elle ouvre le frigo. Et elle remarque tout de suite que quelque chose n'est pas à sa place.

- Joshua, tu peux venir dans la cuisine ?

Quelques secondes plus tard, Joshua apparaît.

- Tu as besoin d'aide, ma chérie ?
- Jette un coup d'œil dans le frigo.

Joshua ouvre le réfrigérateur et voit, à côté du ketchup et de la moutarde, les chaussures bleues de sa mère.

- Mais, qu'est-ce que ça fait là ? dit Joshua en sortant les chaussures du réfrigérateur.

Exercice du chapitre 16

Trouvez le verbe correct dans ces phrases :

1. Guillaume et John **joues/jouons/jouent** aux dominos.

2. Caroline **est ouvert/as ouvert/a ouvert** les fenêtres du salon.

3. Betsy **décident/décide/décides** de cacher la boîte de Lego sous le lit.

4. Betsy le **dira/dirait/direrait** à Caroline quand elle sera au Texas.

5. Joshua **est mis/met/metterai** quatre assiettes sur la table.

6. John et Betsy **vont gardé/vont garder/garderons** Guillaume pendant quelques jours.

7. On **aimerait/aimerions/aimeriont** visiter un musée demain.

8. Dans la cuisine, Caroline

prépare/prépares/préparent le gâteau d'anniversaire.

9. Tu **es besoin/as besoin/à besoin** d'aide ?

10. Joshua **as vu/voie/voit** les chaussures bleues de sa mère.

Chapitre 17
L'heure de dormir

Joshua et Caroline sont fatigués. La visite de l'aquarium les a complètement lessivés.

- Je monte me coucher. Bonne nuit tout le monde, dit Caroline en bâillant.
- Bonne nuit, répond sa belle-mère, le nez dans les mots croisés.
- À demain, ajoute John.
- Dormez bien, dit leur belle-fille. Tu montes, Joshua ?
- Oui, oui, j'arrive.

Quelques instants plus tard, le jeune couple est dans leur chambre à coucher.

Caroline enlève ses boucles d'oreilles et les pose sur la table de nuit.

- Le gâteau de ta mère était dégoûtant. J'espère que je vais pouvoir le digérer. J'espère aussi que je ne vais pas faire de cauchemar avec des requins, dit Caroline.
- Mais non, n'aie pas peur... dit Joshua en fredonnant la musique du film « Les dents de la mer. » Sharks

- Arrête, je déteste ce film.

Joshua s'assoit sur le lit et enlève ses chaussures.

- Dis donc, tu y as été un peu fort avec l'accident de ta mère. Les deux pieds cassés !
- Je n'ai pas trop réfléchi. Le téléphone a sonné. On était avec tes parents dans la voiture. J'ai pensé que c'était l'occasion rêvée de trouver une excuse pour partir de la maison.
- C'est vrai… mais deux pieds cassés ! Tu as poussé le bouchon un peu loin.
- Ce n'est pas de ma faute, c'est la faute du pingouin, dit Caroline.
- Quel pingouin ?
- Tu sais, le pingouin avec les deux pieds abîmés…
- Aucun souvenir.
- Bon, laisse tomber, répond Caroline.

Joshua enlève son pantalon et sa chemise.

- Enfin, mes parents ne se doutent de rien. Ils vont garder Guillaume pendant trois jours. C'est super. Trois jours seuls… Tu te rends compte ?

Caroline reste silencieuse quelques minutes.

- Le problème est… que je ne suis plus très sûre de vouloir partir et laisser Guillaume à tes parents.
- Mais pourquoi ? demande Joshua, étonné.

Caroline enfile sa chemise de nuit.

- Plus j'y pense, plus je crois que tes parents perdent la tête.
- Qu'est-ce que tu veux dire ?
- Je veux dire qu'ils perdent la tête… Ils perdent la mémoire. Tes parents ne sont plus si jeunes. Et puis avec toute l'alimentation industrielle qu'ils avalent aux États-Unis, ce n'est pas surprenant...
- Tu crois ?
- Écoute, il faut être réaliste. Il ne faut pas fermer les yeux. Depuis qu'ils sont ici à la maison, tu as bien remarqué qu'ils ont des problèmes de mémoire. La liste est longue : la brosse à dents dans la poche, les savons oubliés dans la boutique de l'aquarium, les mots croisés impossibles à finir et les chaussures dans le frigo… Tous les signes sont là.

- Tu as peut-être raison…

Caroline pose la main sur le bras de Joshua.

- Je suis désolée mais je pense qu'ils ont un vrai problème et qu'ils ne s'en rendent pas compte. Tu dois les aider. Ils ne peuvent pas rester comme ça. Tu es leur fils unique. Tu dois les accompagner dans cette dernière phase de leur vie.
- Les accompagner… mais comment ?
- J'ai une idée… Tes parents veulent visiter un château, non ?
- Oui.
- Alors, voilà ce que tu vas faire…

Exercice du chapitre 17

Pendant que Joshua et Caroline parlent de la situation préoccupante concernant les grands-parents, ils se déshabillent.

Joshua enlève sa chemise et son pantalon. Caroline retire ses boucles d'oreilles…

Voici toutes les choses que Joshua et Caroline enlèvent avant de se mettre au lit.

Trouvez la bonne traduction :

les chaussettes   _socks_

le soutien-gorge   _bra_

la culotte   _panties_

le caleçon   _underpants_

les collants   _pantyhose_

le marcel   _tank top_

la jupe   _skirt_

la bague   _ring_

Chapitre 18
Retour à la maison

Joshua gare la voiture devant la maison. Betsy et John ouvrent les portières de la voiture simultanément et les claquent bruyamment.

- Tu penses que nous avons perdu la tête ? C'est ça ? demande Betsy.
- Joshua, répond à ta mère ! crie John. Est-ce que tu penses vraiment que nous avons perdu la tête ?

Caroline, qui a entendu ses beaux-parents, sort dans le jardin.

- Alors, comment était la visite du Château Âge d'Or ? demande-t-elle. C'est joli, non ?
- Horrible ! disent John et Betsy en chœur.

Joshua regarde Caroline et hausse les épaules.

- Guillaume fait la sieste. Ne le réveillez pas. Restez dans le jardin, je vais vous apporter une tasse de thé et des petits gâteaux.

Tout le monde prend place autour de la table en fer du jardin. Caroline arrive en tenant un plateau avec une théière en forme d'éléphant, quatre tasses en porcelaine, du sucre et quelques madeleines.

- Pourquoi est-ce que tu nous as emmené dans ce château ? demande Betsy. C'est un château pour les vieux.
- Il y a même, ajoute John, une partie du château réservée aux personnes qui ont perdu la mémoire.

Joshua est un peu mal à l'aise. Caroline l'encourage du regard. C'est dur de dire à ses parents qu'ils perdent la tête. Joshua ne sait pas comment commencer.

- Alors ? demande Betsy. Pourquoi est-ce que tu nous as emmené dans cette résidence pour personnes du troisième âge ?
- Voilà… commence Joshua, depuis que vous êtes à la maison, j'ai remarqué que vous aviez des problèmes de...
- Mais, c'est parce que…le coupe Betsy.
- Laisse-moi finir, s'il te plaît, dit Joshua. C'est assez difficile comme cela. Je préfère parler sans être interrompu.

Joshua a besoin de boire un peu de thé et de mordre dans une madeleine pour se donner du courage.

- Voilà, depuis que vous êtes à la maison, reprend Joshua, nous avons remarqué que vous aviez des problèmes de mémoire. Des problèmes avec les prénoms, des problèmes pour finir les mots croisés faciles, des problèmes pour…
- Mais c'est parce que…le coupe encore une fois Betsy.
- Nous sommes très inquiets pour votre santé, continue Joshua. Et il y a dans la région un bon établissement spécialisé pour les personnes âgées. Cela serait parfait pour vous.
- Et vous seriez près de votre fils, de Guillaume et de moi, ajoute Caroline.

Betsy et John se regardent.

- Joshua et Caroline, merci beaucoup. Mais nous ne perdons pas la tête, dit Betsy.
- Je sais, dit Joshua calmement en posant la main sur le bras de sa mère. C'est difficile à croire. Vous avez été toujours très actifs.
- Ce que ta mère veut te dire, Joshua, dit John, c'est que nous n'avons pas perdu la tête. Nous vous avons juste un peu menti.
- Vous nous avez menti ? Je ne comprends

pas…dit Joshua.

C'est Betsy qui cette fois a besoin de boire en peu de thé et de mordre dans une madeleine.

- On vous a un peu menti, reprend Betsy. On avait le projet de partir ensemble quelques jours, juste tous les deux...
- Et garder Guillaume n'était pas dans notre programme, ajoute John. Alors on a essayé de vous faire croire que l'on n'était pas capables de garder seuls Guillaume.
- Alors, les mots croisés, les chaussures dans le frigo, la brosse à dents dans la poche... C'était une mascarade ?
- Oui, avoue Betsy. Mais on allait tout vous expliquer aujourd'hui. On a honte maintenant. Surtout depuis l'accident de ta mère, Caroline.
- Vous nous avez menti ? répète Joshua incrédule.
- On n'avait pas le courage de vous avouer que nous voulions partir quelques jours seuls, dit Betsy. Nous sommes désolés.
- Mais on avait l'intention de tout vous dire aujourd'hui, dit John.
- Et maintenant, avec l'accident horrible de Marie-Dominique, vous pouvez compter

sur nous. On va s'occuper de Guillaume.

- Caroline, dit John, tu peux aller aider ta mère. Betsy et moi, nous allons rester ici et nous occuper de Guillaume. Ne te fais aucun souci.

Caroline boit un peu de thé et mord dans une madeleine.

- Au sujet de ma mère, dit Caroline timidement…

Caroline n'a pas le temps de finir sa phrase. Une petite voiture rouge vient de se garer devant la maison. La portière s'ouvre. La conductrice fait un grand signe de la main.

- Coucou ! Je suis venue vous faire une petite surprise, crie Marie-Dominique.
- Quelle bonne idée, maman ! dit Caroline.

Exercice du chapitre 18

Joshua pense que ses parents perdent la tête. Et vous ? Est-ce que vous perdez la tête ?

Voici quelques questions d'un test cognitif.

(Si toutes vos réponses sont fausses, je vous conseille de prendre rendez-vous avec un neurologue au plus vite.)

Trouvez le mot intrus :

1. une tétine, un biberon, un orteil, une couche

2. un radis, un tableau, un navet, une carotte

3. rouge, jaune, vert, heureux

4. une crème brûlée, une mousse au chocolat, un ongle, une tarte aux citrons

5. le café, le cidre, le bordeaux, le champagne

6. une chemise, un sourire, un pantalon, une robe

7. un savon, un dentifrice, un shampooing, une dent

8. un stylo, un briquet, une craie, un crayon

9. crier, chanter, dormir, parler

10. un volet, un oreiller, un drap, une couverture

Chapitre 19
Dans le jardin

Betsy et John sont très surpris de voir arriver Marie-Dominique. Surtout qu'elle marche complétement normalement.

Elle porte une robe rouge comme sa voiture et elle a aux pieds deux beaux escarpins avec des talons haut de six centimètres.

-   Betsy ! John ! Je suis si heureuse de vous voir.
-   Vous marchez ? demande Betsy et John incrédules.
-   Bien sûr que je marche, répond Marie-Dominique.
-   Mais vos deux pieds cassés…? dit Betsy.
-   Mes deux pieds cassés. Mais quelle idée ! Vraiment, vous, les Américains… Vous êtes complètement fous.

Marie-Dominique pose sur la table du jardin un panier plein de bonnes choses : un saucisson sec, quelques fromages, deux bouteilles de champagne et trois belles baguettes croustillantes.

-   Caroline, va mettre le thé et les madeleines

dans la cuisine. Et ramène quatre coupes à champagne. On va boire à la santé de la famille ! dit Marie-Dominique.

- Oui, à la santé de la famille, dit Joshua. J'espère que nous allons tous rester en bonne santé pendant de nombreuses années encore.

- En bonne santé physique et mentale ! ajoute Betsy.

Guillaume s'est réveillé. Il est maintenant lui aussi dans le jardin. Il déguste un bout de baguette et un morceau de fromage pendant que les adultes parlent de façon animée.

Il entend quelques mots ici ou là : deux pieds cassés, des chaussures dans le frigo, un pingouin, des savons oubliés…Il ne comprend rien mais cela n'a pas d'importance. Il est content car toute la famille est là : ses parents et ses grands-parents.

Quelques coupes de champagne plus tard, la discussion s'anime encore.

Et soudain, tout le monde lève son verre. Une solution a été trouvée ! Joshua et Caroline vont faire la fête quelques jours à Paris. Pendant ce temps, Betsy et John vont visiter les châteaux et les antiquaires de la région. Et Marie-Dominique va garder son petit-fils préféré. Tout le monde est content.

Dans la vie, la solution la plus simple est souvent la meilleure. Un peu de champagne aide aussi…

FIN

Exercice du chapitre 19

Vous venez de lire un livre entièrement écrit en français.

Voilà ce que je veux vous dire :

Bravo !
Excellent !
Parfait !
Merveilleux !
Bon travail !
Bel effort !
Sublime !
Admirable !

2 ENGLISH TRANSLATION

Chapter 1
Taylor, Texas

Every Monday at ten in the morning, Betsy is on her yoga mat. She hates doing yoga, but it's the only non-violent sport she can do in this small town in Texas.

The yoga teacher, a tall, thin blonde woman, the exact opposite of Betsy, is talking with a dynamic voice.

"Let's go! The right arm towards the sky and the left leg towards the ground..."

Betsy is sixty-seven years old. She's married. She has an only son, a daughter-in-law, and a grandson named Guillaume.

In a few days, Betsy and her husband John will leave to visit their son Joshua and his family. It's a long trip because unfortunately their son lives in France.

"OK, now the right leg towards the ground and the left arm towards the sky," orders the tall blonde.

Betsy looks at the clock hung above the door. It's only ten thirty. Twenty more minutes of class! Betsy's back is starting to hurt. This position is really uncomfortable.

"Keep going. Hold this position for thirty seconds...Twenty-nine, twenty-eight, twenty-seven..."

Betsy thinks of her son. Why, for God's sake, did he decide to live in France? Betsy still doesn't understand it. Texas is so beautiful! And the city of Taylor is so beautiful.

Betsy still remembers the phone call with Joshua.

"Dad, Mom, are you sitting down? … Are you sitting down? I have some big news to tell you."

"Yes, we are sitting down," the parents replied, surprised.

"I met the woman of my life!"

"Where? When? Who is it?"

"I met her six months ago at a dinner party at a friend's house. Her name is Caroline. She's French."

"French?" John and Betsy said in chorus.

"She's the woman of my life. And I'm going to marry her."

"You're going to marry her?"

Betsy and John needed a glass of wine.

"Caroline and I want to get married and live in France."

"Live in France? But why? But what are you going to do in France?"

Betsy and John needed a second glass of wine.

"Now, two feet up to the sky and push on the arms," said the yoga teacher, clapping her hands. "Betsy? Betsy? We changed positions."

Betsy comes back to the present. She's in the yoga room. She's tired. Fifteen more minutes to go...

Chapter 1 Exercise

Betsy hates doing yoga. How about you?

If one day you do yoga in France, you'll hear these expressions. Do you understand them?

Translate into English:

la posture du guerrier
warrior pose

la posture de l'enfant
child's pose

la posture du chien la tête en bas
downward dog pose

la posture de l'arbre
tree pose

la posture de la vache
cow pose

la posture du chat
cat pose

la posture de la montagne

mountain pose

la posture du cobra
cobra pose

Chapter 2
Plouhinec, a small town in Brittany, France

Every Monday at ten, Joshua opens the door of *La Lentille Verte* (The Green Lentil), an organic products store. The store is quiet. There aren't any customers yet.

Joshua shuts off the alarm. He enters the code 0806. It's the day and month of his son Guillaume's birthday. His son was born on June 8th.

Joshua checks the shelves, especially the organic fruit and vegetable department. He wants to make sure there's everything: apples, bananas, leeks, potatoes. Then he puts the still-warm whole wheat croissants in a small basket next to the register.

Joshua looks at his watch. The first customers are about to arrive.

Joshua thinks about his previous life. In Texas, he worked for a large oil company. How lucky he is to have met Caroline! She opened his eyes. She showed him that another life was possible. A more humane life, more calm and more natural. If only his parents could understand that.

Joshua knows that his parents still haven't gotten over his move and career change.

Joshua still remembers a conversation he had with his father. His father was so angry that he had completely forgotten about the time difference.

"Joshua??"

"Yes, Dad... What's going on?... Is everything all right?"

"I'd like to talk to you. Your mother and I are very worried."

"Can I call you back tomorrow? It's two o'clock in the morning in France."

"No... Joshua Michael, your mother and I don't understand you. You're a college graduate and you want to open a grocery store? We want to understand!"

"This is my life...I don't want to sell oil anymore."

The conversation was beginning to heat up.

"It's my life. And now I want to live this adventure with Caroline and open this grocery store."

"But think about your future. You're not going to spend your days selling carrots."

"Organic carrots! And why not?"

John no longer understood his son. France and Caroline had bewitched his beloved son.

The store door opens, and the first customer enters.

"Hello Mrs. de Villiers," says Joshua, who knows almost every customer now. "How are you this morning?"

"Just OK, Mr. Joshua. It's cold today and I have rheumatism."

"What do you want this morning?"

"I would like three bottles of white wine. White wine is good for my rheumatism."

"Really? I didn't know that," Joshua said, amused. "Do you also want a whole wheat croissant?"

"Ah, no thank you! Whole wheat flour isn't good for my intestines."

After two years working in the store, Joshua was still amazed by French customs and traditions.

Chapter 2 Exercise

At the Green Lentil shop, you'll find many interesting organic products.

Translate the phrases.

sans produit chimique	chemical-free
sans phosphate	phosphate-free
les OGM	GMO
la biodiversité	biodiversity
le zéro déchet	zero waste
le commerce équitable	fair trade
un régime sans gluten	gluten-free diet
un régime sans sucre	sugar-free diet
la levure de bière	brewer's yeast
produit en vrac	product in bulk
les graines de courge	pumpkin seeds
les pois chiches	chickpeas
favorise le transit intestinal	promotes regularity
les huiles essentielles	essential oils

Chapter 3
Taylor, Texas

After the yoga class, Betsy and her two friends, Ann and Laura, drink a sugar-free tea on the terrace of Taylor's only barbecue café-restaurant. The three friends have known each other for a long time. Laura and Ann work together in a real estate agency.

Four years ago, they were the ones who found Betsy's house. A large red brick house with four large bedrooms (one master bedroom for Betsy and John, one for their son and two for future grandchildren, preferably a girl and a boy) and a great view of the city's golf course.

After closing on the property, Betsy, Ann and Laura became friends. They have a lot in common. All three enjoy playing mahjong and reading detective novels. They also like to go to the Manor Shooting Range in the town of Manor southwest of Taylor. They love to practice shooting at targets with their Smith & Wesson nine millimeters.

"Yoga class was tough today!" says Betsy. "My back hurts."
"Your back hurts? Is that new?"

"In fact, the closer we get to our trip, the more my back hurts."

"That's not a good sign. Aren't you happy to see your son, his wife and your grandson?"

"My son and grandson, yes... my daughter-in-law, a little less."

Betsy drinks a few sips of her tea. She feels her back muscles contract. She should have ordered chamomile herbal tea.

"Don't you love your daughter-in-law?" asks Ann.

"Not really. I feel like she's constantly judging me."

"It's the favorite pastime of French women!" says Laura, laughing.

"And I always hear the same criticism..."

"What does she say to you?" asks Laura.

"She tells me that Americans use too many natural resources... That Americans spend their time buying things they don't use... That Americans are capitalists with hearts as hard as stone."

The three women enjoy the sun. It's May twenty-fourth. It's still nice to be outside. In a month, it'll be too hot.

"Don't think about your daughter-in-law. Think about your grandson. What's his name?"

"His name is Guillaume... it's impossible to pronounce. I think my daughter-in-law chose it on purpose to annoy us. Hunter or Travis would have been so much better."

"How old is he now?" asks Ann.

"He'll be three years old on June 8th. We're going to have a little party for his birthday when we're in France."

"What a great idea! When are you leaving?" asks Laura.

"We leave on Saturday."

"You'll see. You're going to have a good time in France."

"I hope so because last time wasn't exactly a success..."

Betsy takes another sip of her tea.

"I hope your grandson is calmer than mine," says Laura. "Max, my daughter's son, is a real terror. We babysat him last weekend. It was awful. I didn't sleep all night. He cried the whole time. And to thank me for cooking him macaroni and cheese, he threw it all up on my beautiful white wool carpet."

"Oh my God!"

"I'll never look after my grandson again."

Ann also shared her unhappy experience the last time she babysat her granddaughter.

"My granddaughter Lilly is almost two years old. And she still wears diapers! Changing her diaper is torture. Her poop smells so bad. It's inhuman. Maybe it's because of all the junk she eats."

"It's true that children eat anything now. Plus, they eat all the time."

"Absolutely. All day long, Lilly has a cookie in her hand."

"But two years old," asks Laura, "isn't that a bit old to wear diapers?"

"Yes, but her mother, my daughter, is babying her. Lilly doesn't want to walk. She wants to be in her mom's arms, her dad's arms, or mine. After two days, I dislocated my shoulder. I had to have ten sessions of physical therapy."

Betsy finishes her tea in one gulp.

"That won't happen with me. Caroline, my daughter-in-law, doesn't trust me. She'll never let me watch her precious son for more than an hour."

Chapter 3 Exercise

Betsy's back hurts because she's stressed.

Of course, you know the words to name the main parts of the body like legs, neck, head... But do you know these less common words?

une cheville	an ankle
une cuisse	a thigh
un poignet	a wrist
un orteil	a toe
un coude	an elbow
une nuque	a neck
un genou	a knee
un sein	a breast
une hanche	a hip
un mollet	a calf
une épaule	a shoulder

Chapter 4
Plouhinec, a small town in Brittany, France

Joshua does the bookkeeping. He has to go fast. Caroline and Guillaume will arrive soon. They only have one car for the family, so Caroline comes to pick him up every night after the store closes.

Eight hundred and eighty-eight euros and sixty-eight cents. It was a good day. People are more and more aware of the problem of pollution. They want to eat and drink healthy. Joshua can't wait to show the store's financials to his father.

But two years ago, when they opened the store, the locals were wondering who this American was who came to their town to sell organic produce. People looked at him suspiciously.

And his accent was not easy to understand. Joshua still remembers one of his first missteps. It was during the first week after opening. Mrs. Leclerc, an eighty-four-year-old woman, bought a camembert and a phosphate-free shampoo. When Joshua gave her back her change, he said, "Thank you very much," (*merci beaucoup*) but in his American accent it sounded like "Thank you, nice ass" (*merci beau cul*). Mrs. Leclerc looked at him in disbelief.

After Mrs. Leclerc left, Caroline explained it to Joshua, laughing. Years later, Joshua still couldn't say "thank you very much." He preferred to say only "thank you" or "thank you a thousand times" (*merci mille fois*).

Joshua hears his old car's horn. Caroline and Guillaume are there. He quickly shuts off the lights. He enters the alarm code 0806 and locks the door to the shop.

It's raining a little now. Joshua runs to the car. He opens the door and gets into the car quickly.

"Hi, my darling," he said with a kiss on Caroline's cheek.
"How was your day, darling? Sure you're not too tired?"
"No, all is well. And how's my angel?" he said, turning to Guillaume.

Guillaume is in his car seat. He's watching a cartoon on Caroline's cell phone. He doesn't take his eyes off the screen. He didn't hear his father talking to him.

"Isn't he watching too many videos?" Joshua asks Caroline.

"No, I don't think so. It's a show made for his age and it's in English. It's good for him. He's learning English in a fun way. You'll see, your parents will be impressed."

"I hope so... My parents have also been learning French since Guillaume was born and they're making a lot of progress."

Caroline rubs her right shoulder.

"Do you have a bad back, darling?" Joshua asks her.

"Yes, and it's getting worse and worse."

"Maybe it's because my parents are coming. Tonight, I'll give you a massage with homeopathic calendula cream."

"You're adorable."

Ten minutes later, after crossing fourteen traffic circles, the car stops in front of a small house with a black slate roof. The gate and the garage door are closed. Caroline parks the car in front of the house.

"Let's go in quickly. I prepared vegetarian shepherd's pie for tonight. It's still in the oven. I hope it didn't burn."

Joshua enters the house, followed by Caroline and Guillaume. It smells good, like melted cheese and vegetables.

"I'm very hungry and very thirsty!" says Joshua as he helps himself to a small glass of organic white wine.

Chapter 4 Exercise

In this chapter, Joshua and his family are in the car.

Can you translate into English this automotive vocabulary?

le volant	the steering wheel
les phares	the headlights
le pare-brise	the windshield
le coffre	the trunk
les rétroviseurs	the side mirrors
la ceinture de sécurité	the seatbelt
une autoroute	a highway
une contravention	a ticket
un rond-point	a roundabout
le permis de conduire	the driver license
un embouteillage	a traffic jam

Chapter 5
Taylor, Texas

Betsy spent all morning looking at toy sites on the internet. It's almost lunchtime and she still hasn't found the perfect gift for Guillaume.

"I can't take anymore. I'm tired of looking at all these toys!"
"Cheer up, Betsy, you'll find something..."

John was back from his daily jog. Every morning he runs for 30 minutes. Then he does ten minutes of meditation. Then he takes a shower. Then he makes himself coffee and drinks it with a small almond cake.

John didn't sleep well last night. He tossed and turned. He was anxious about his trip to France. To get to sleep, he tried reciting the verbs he learned during his French classes. Usually, this exercise helps him sleep.

"*Je suis, tu es, il est, nous sommes, vous êtes, ils sont...J'ai, tu as, il a, nous avons, vous avez, ils ont ...Je peux, tu peux, il peut, nous pouvons, vous pouvez, ils peuvent...Je veux, tu veux, il veut, nous...*"

"*Nous voulons,*" said Betsy, who wasn't sleeping either. "Are you having trouble getting to sleep?"

"Yes, so I'm reciting my French verbs. They have soporific power over me."

"I hope all these hours learning French will be useful to us."

"Me too!" said John. "Our last trip wasn't so great. Remember when I ordered duck at the restaurant? Apparently, I pronounced it like 'asshole' (*connard*) instead of 'duck' (*canard*)."

"Yeah," said Betsy. "Those two words are pronounced almost the same. You couldn't have known it was an insult."

"No duck for me in France," said John. "I'm only going to eat chicken and fish."

"Or maybe just vegetables and tofu. Remember, Caroline is a vegetarian."

"I'd forgotten that. That's too bad!"

Betsy, in front of her computer, raises her arms skyward. Victory! She just found the perfect gift for Guillaume. A superb pirate disguise with a hat, a small black gun, a plastic sword, and a small treasure chest with ten fake gold coins.

"Look, John... I think Guillaume will love this disguise. He's going to look so cute as a pirate."

John comes over to the computer screen.

"Um, I don't know. I think Caroline isn't going to like the idea of the gun and the sword."

"You're right. I didn't think about that. Well, I'll stop for a while. I'll look for something else after lunch."

John and Betsy have lunch together every day at noon. Since they retired, they love to eat together. They don't see each other much during the day. They each have their own favorite hobbies.

Betsy likes to play mahjong of course, read detective novels, and do target practice with her Smith & Wesson nine-millimeter. John has two main activities: jogging and model building. When he's not jogging the streets of his city, he builds models of famous monuments such as Big Ben, The White House, or the Empire State Building. He just started the Palace of Versailles: seven thousand eight hundred and ninety pieces to assemble! Now he's passionate about castles.

John has a room completely dedicated to model building. No one is allowed to enter. It's forbidden. On the door, there is a sign with a skull and crossbones and the words Warning Danger. He's the only one who cleans and vacuums this room ever since the cleaning lady vacuumed up a piece of the Taj Mahal's roof.

The only activity that Betsy and John do together is a weekly French course. They've been learning French for almost three years. It's important for them to be able to speak French with Caroline and their grandson. Every Tuesday at five in the afternoon, a French teacher gives them lessons in "the language of Molière." For Betsy and John, learning French isn't easy. But they know they have to be patient.

Lunch today is a hamburger with fries. Betsy and John finish in less than five minutes. John licks his fingers.

"That was delicious! It was a good idea to eat a good American meal before we leave for France."
"John, would you like dessert?"

But before he can answer, Betsy's iPad rings. She runs to get it.

"It's Joshua!"

Their son has gotten used to calling them via video. Betsy hopes that everything is OK.

Chapter 5 Exercise

Betsy is looking for a toy for her grandson. In this list, two objects are not toys. Which two?

une poupée	a doll
une voiture télécommandée	a remote-controlled car
un yo-yo	a yo-yo
un ventilateur	a fan
un jeu de société	a board game
de la pâte à modeler	modeling clay
une trottinette	a scooter
un stérilet	an IUD
une peluche	a plush toy
un déguisement	a disguise

Chapter 6
Plouhinec, a small town in Brittany, France

Joshua fills his glass with a delicious little organic wine that costs six euros a bottle. He sits on the sofa between Guillaume and Caroline. He takes his mobile phone out of his pocket and opens his videoconference application. He calls his parents in the United States.

"What a nice surprise! Hello my son. How are you doing?" asks Betsy.
"I'm doing really well."
"And Guillaume?"
"Yes mom, don't worry. I'm just calling to see if you're ready to leave. Are your suitcases packed?"
"Almost. I still have a couple things to buy."

Joshua feels Caroline's elbow pressing against his ribs. He knows what that means. Last year, for Guillaume's second birthday, his parents had a suitcase full of plastic toys: three remote-controlled cars, a mini piano and a whole family of plastic ducks for bathtime. Caroline hates plastic.

"Don't buy anything for us, okay? We don't need anything."

"Just a couple things," says Betsy. "Trust me."

Another little elbow in the ribs. They can see behind Betsy on her computer monitor a picture of a plastic sword!

"And above all, no weapons," says Joshua. "Okay?"

"Don't worry," says her mother as she walks into the kitchen to join her husband.

"Great. So, do you have your passports?" asks Joshua.

"Of course. In fact, it's good that you called because we have a question for you."

"Oh yeah? Go ahead."

"Are you sure we won't be bothering you in your small house? We can book a hotel, you know."

"Out of the question. Caroline and I want you to stay at the house."

Another little elbow in the ribs. Caroline is not very happy to host her in-laws. Frankly, she would prefer that they stay at a hotel, but Joshua doesn't agree.

"Plus," adds Joshua, "there is no hotel in Plouhinec. The nearest hotel is ten kilometers away. So, it's a done deal, Guillaume will sleep in our room. And you are going to take his room. It's absolutely not a problem. You're going to be very comfortable."

Betsy and John are semi-reassured. Joshua's house is really small. It's just slightly larger than their garden shed where they keep their tools.

The house in Plouhinec on the first floor has a kitchen, a living room and half-bath, and on the second floor, two bedrooms and a bathroom. It's really not suited for five people, but they don't want to offend their son.

"We'll do as you like," said Betsy. "Can I talk to my grandson now?"
"One minute. I'll pass you over to him," said Joshua.

Guillaume, who's almost three years old, is already used to new technologies. It's not out of place for him to see his grandmother on the phone's small screen like a video game character.

The discussions between the grandmother and her grandson are a bit limited but they've found a little game that they both like.

"Guillaume, look, we finished eating."

With her tablet's camera, Betsy films the dirty dishes on the dining room table. John thought to get rid of the hamburger wrappers just in time so as not to shock his French daughter-in-law.

"Now we're going to have coffee."

She opens wide the cabinet to the right of the refrigerator.

"Look at all these cups," says Betsy. "Do you like them?"

"Yes!" answers Guillaume shyly.

"Which one do you pick for me?"

"The red one with the *minou*."

"With the cat?" asks Betsy, who figured that *minou* is how small children say cat in French.

"Yes," answers Guillaume.

"And for your grandfather?"

"The pink one with the elephant."

"Perfect!"

Now Betsy opens the fridge and pulls out fruit placed on a large white plate. She thinks she hears her daughter-in-law's voice. Caroline must be wondering why the fruit is in the fridge. But it doesn't matter. Betsy keeps going.

"Look, Guillaume, all these beautiful fruits. Which one do you give your grandfather?"

"The yellow apple."

"Perfect. And for me?"

"The green apple."

"Excellent choice. Well, we'll see you soon. But in the meantime, we'll eat our apples and drink our coffee. See you soon, my dear."

Joshua's head reappears on screen.

"Goodbye my son and see you soon!"

"Goodbye. Have a good trip. Don't forget your passports."

"Don't worry! We still have all our marbles!"

Chapter 6 Exercise

Find the past participles of these eight verbs:

Infinitive	Translation	Past Participle
vendre	to sell	vendu
remplir	to fill	rempli
sortir	to go out	sorti
faire	to do	fait
voir	to see	vu
pouvoir	to be able to	pu
vouloir	to want to	voulu
dormir	to sleep	dormi
choisir	to choose	choisi

Chapter 7
In Air France Flight AF376

John drinks a small glass of champagne. This is the advantage of traveling on a French airline. Even in economy class, you are entitled to a small glass of champagne with the meal! (Well, maybe not real champagne, but at least an acceptable sparkling wine).

The plane flies over the east coast of the United States and John thinks about his life. He has gotten the most out of it. He's travelled all over the world: Canada, Brazil, Venezuela, China... He's held important positions in an international bank. He's been able to offer his family a faraway vacation every year and his son a higher education in a good university in Texas... He suddenly thinks of Joshua who's now selling canned foods in a small French village. Is it because of the altitude or the sparkling wine? He doesn't know but he suddenly feels sad and has tears in his eyes.

Betsy leans towards him. Her breath smells of red wine and salted peanuts.

"John, don't you think Guillaume doesn't talk much? For a child his age, he doesn't have much vocabulary."

"No, it's because he's bilingual. He has to learn French and English at the same time."

Betsy puts her head on her husband's shoulder.

"John, I'm feeling anxious. Do you think we did the right thing buying a box of Legos for Guillaume?"

"Heck yes, if the little guy is like me, he'll love it. He'll be able to build houses and castles and lots of other things."

"I have a hunch that Caroline won't like it because it's plastic."

"Don't worry. It's good for the kid's dexterity. She'll approve. You worry too much."

John is right. She worries too much. But she doesn't want to get angry with her daughter-in-law who, after all, married her only son. They need to keep their relationship friendly. But her anxiety is back.

"John, did you remove the Legos from the Amazon box before putting the gift wrap on?"
"I don't remember."

"If Caroline finds out that we bought the gift on Amazon, we're in for a long discussion."

"At any rate, we had no choice. They're the only ones who deliver in forty-eight hours."

"Don't tell Caroline that, okay?"

"I promise, but you have to stop worrying. Everything is going to be fine."

Betsy opens her fashion magazine. She browses a few pages. All the models are no more than sixteen years old and their clothes are ugly and expensive. She closes her magazine in disgust.

"John, don't you think ten days is too long?"

"Too long? Why is it too long?"

"I don't know... Their house is so small. We're going to be on top of one other. And another thing... what I'm about to say isn't nice but... I don't understand anything when Caroline talks to me. We should have gotten a hotel room."

"Everything is going to be fine."

John takes a sip of champagne/sparkling wine. He looks lovingly at his wife.

"Also, remember, for the last five days, we're going to rent a car and do some sightseeing. The two of us. You and me."

"Yes, that's right, I almost forgot," Betsy says, reassured.

"I can't wait to visit the local castles. I worked for two months on a route. You'll see, it's going to be beautiful."

"I'd also like to see some antique shops. I'd like to bring my friends unique gifts from France."

"Of course, we'll stop at all the antique shops."

John kisses Betsy on the forehead. This time, Betsy feels at peace. She falls asleep worry-free. In her dream, she imagines herself in an antique shop. She rummages and pokes around in a store that looks like Ali Baba's cave. She finds porcelain dishes, lace clothes, and old postcards from the 1920s. Happiness!

Chapter 7 Exercise

In this chapter, John and Betty are on a plane. They will arrive in France in a few hours.

Write these sentences in the future tense.

Elle achète un cadeau.
She buys a gift.
Elle achètera un cadeau.
She will buy a gift.

Elle pose sa tête sur son épaule.
She puts her head on his/her shoulder.
Elle posera sa tête sur son épaule.
She'll put her head on his/her shoulder.

Il pense à sa vie.
He thinks about his life.
Il pensera à sa vie.
He'll think about his life.

Il va mieux.
He is getting better.
Il ira mieux.
He will get better.

Je m'en souviens.
I remember.
Je m'en souviendrai.
I will remember.

Je ne sais pas.
I don't know.
Je ne saurai pas.
I won't know.

Nous pouvons nous endormir.
We can fall asleep.
Nous pourrons nous endormir.
We will be able to fall asleep.

Vous vous imaginez chez un antiquaire.
You imagine you're in an antique shop.
Vous vous imaginerez chez un antiquaire
You will imagine yourself to be an antique shop.

L'avion survole la côte est des États-Unis.
The plane flies over the east coast of the United States.
L'avion survolera la côte est des États-Unis.
The plane will fly over the east coast of the United States.

Chapter 8
At the Nantes airport

In the airport, travelers walk quickly. They struggle to pull their suitcases. They stop from time to time to look at their phones. Their suitcases are small, medium or large. They are often black but sometimes red, green or yellow.

On the loudspeaker one hears "KLM flight DK267 to Amsterdam is now boarding at gate forty-three... Mr. and Mrs. Lavoix are expected at gate twenty-seven... Your attention please, it is strictly forbidden to leave your suitcases unattended..."

The airport is very noisy.

Joshua looks at the monitors. Planes come in from many destinations: Bastia, Marseilles, Toulouse, Lyon, Montpellier and Paris... Joshua easily finds his parents' plane on the arrivals monitor. No delays. Phew! The plane is on time. It will land in less than twenty minutes.

Joshua is very happy to see his parents again, even if he does worry a bit about their stay. Living together for ten days, in a small house, is not always going to be easy.

In addition, he knows the relationship between his parents and Caroline is not smooth sailing. His parents still blame Caroline for making him give up his career. Joshua hopes that this time he'll be able to share his life with them. They will finally see that he is a fulfilled, honest, and happy man.

Caroline and Guillaume stopped at a magazine stand. Now they come back with what they bought, a magazine for 2- to 4-year-olds and the local newspaper.

Guillaume seems very happy. He sits down on the floor and starts turning the pages of his magazine.

"They'll be here in five minutes," Joshua told Caroline. "Their plane just landed."

"That's great. They didn't miss their connection in Paris. They're going to be very tired."

"Yes, today we're going to let them rest."

"Do you think they'll like their room?"

"Absolutely," says Joshua. "They're going to love it. We've prepared everything: the bed, the two bedside tables, the two lamps and a wardrobe to put their things. They're going to be very comfortable."

Caroline plans in her head how the day will unfold: they settle into their room, welcome drinks, a walk in the village to get some fresh air... Is the bottle of Crémant de la Loire in the fridge?

Caroline watches her son play on the floor. He blows on a small piece of paper that he tore from his magazine and tries to move it forward. It's not very clean, but Caroline lets him play. Her son is developing his imagination. She is proud of him. He can play with so little.

"We're lucky to have found Sandrine to take care of our store!" says Joshua. "I'll drop by from time to time to check on her and make sure everything is okay."

"You don't need to. She told me that she wouldn't hesitate to call us if she had a question," said Caroline, looking at her cell phone.

"Can you give her my phone number too?" asks Joshua.

Caroline is suddenly very focused on reading an email. She is silent.

"Is something going on?" asks Joshua, worried.

"No, not at all... Sorry... It's an email from Paul. He's inviting us to his birthday party next weekend. Thirty-five years old! He's going to have a big party in Paris."

"Too bad, I would have liked to go."

There's movement at flight arrivals. Travelers are coming out.

"There they are!" Joshua shouts as he sees his parents.

Chapter 8 Exercise

After a long trip, John and Betsy arrive at Nantes airport.

Here is a list of words. Three are intruders. Which ones?

une carte d'embarquement	a boarding pass
un râteau	a rake
un terminal	a terminal
atterrir	to land
un arrosoir	a watering can
une valise	a suitcase
décoller	to take off
un vol	a flight
la douane	customs
une pelle	a shovel

Chapter 9
Plouhinec, France

The first days are going very well. John and Betsy stay at the house. They spend a lot of time with Guillaume.

Guillaume likes to play hide-and-seek with his grandmother. Betsy closes her eyes and counts to twenty: one, two, three, four, five... fifteen, sixteen, seventeen, eighteen, nineteen, twenty. Meanwhile, Guillaume goes into hiding either in the yard or in the garage. Then Betsy looks for him, shouting "watch out, I'm coming... I see you..."

Betsy has to be careful because there are a lot of insects in the yard. And she hates insects. In the garage, it's no better. There are huge black spider webs full of dust. The house is very old. It dates from 1890. And Betsy thinks that some of the cobwebs are from that time!

With his grandfather, Guillaume likes to read. John brought a few books from the States. Stories specially written for children. Guillaume likes to listen to his grandfather read in English but sometimes he gets tired of it. When that happens, he gives his grandfather some books written in French.

Guillaume laughs listening to his grandfather read in French.

"Une abeille mange une feuille sur un fauteuil," (a bee eats a leaf on an armchair) says Guillaume, pointing to the illustration.

Of course, with three generations under the same roof, it's not easy every day. But for the moment, the whole family lives together in peace. Everyone is making an effort.

"Caroline, I'd like to make dinner for you tonight. Is that possible?" asks Betsy.
"Yes, with pleasure. Do you need something special? I'm going shopping this afternoon. I can buy whatever you want."

Betsy comes back with a list that leaves Caroline puzzled. On a small piece of paper, Betsy has written: four red peppers, a jar of mayonnaise, grated cheese and celery. She also adds ketchup and eggs.

Meanwhile, John and his son go to the hardware store.

"I'm going to buy some oil," says John. "I've noticed a few squeaking doors."

"You're right. You know, the house is very old. A lot of doors are squeaking and don't close well."

"I'll also buy a brighter lightbulb to put in the bathroom."

"If you want."

In the evening, the whole family gathers around the table to eat. American grandparents usually eat dinner at 5 p.m. sharp. Caroline and Joshua eat around 8 p.m. So they split the difference. They eat at 6:30 p.m.

"Mmm, it's delicious," says Caroline, taking a small spoonful from the dish prepared by Betsy.

"You like it?"

In fact, Caroline finds it horrible. She watched in horror as her mother-in-law prepared this dish, a mixture of chilies, grated cheese and mayonnaise.

"Do you really like it?" Betsy repeats.

"Yes, it's delicious."

"It is a specialty of the southern United States. The dish is called Pimento Cheese. I can give you the recipe if you want."

"Yes, with pleasure," Caroline replies.

The rest of the evening is calm. Guillaume goes to bed early. John reads the newspaper, the Houston Chronicle, on his tablet in the living room. Joshua clears the table. Betsy and Caroline are in the kitchen.

"I have lots of ideas for Guillaume's birthday," says Betsy.
"Really?" said Caroline in a tired voice.

Chapter 9 Exercise

Here are a few words used in this chapter. Are these words feminine or masculine?

une araignée	spider
un fauteuil	chair
un jardin	garden
une poussière	dust
un piment	a hot pepper
une cuillerée	a spoonful
une ampoule	a light bulb
un œuf	an egg
une recette	a recipe
un insecte	an insect

Chapter 10
In Guillaume's room

On the walls of Guillaume's room, there are illustrations of wild animals: lions, elephants and zebras. There is also a small shelf of light-colored wood. And on this shelf, there are a dozen shells collected from area beaches and three stuffed animals: a bear, a snake and an ostrich.

Guillaume really loves animals. That's why Betsy suggested to Caroline to take Guillaume to the zoo for his birthday. When Betsy broached the idea, Caroline immediately refused.

"Zoos are institutions that exploit animals," Caroline said firmly.

"But my grandson loves animals so much."

"Yes, I know, but he doesn't like caged animals. No, a visit to the zoo is out of the question."

"So maybe the aquarium?" Betsy asked. "It's interesting to visit an aquarium."

Caroline didn't find this idea aligned with her values, but she was tired of fighting and she accepted.

"All right for the aquarium but no whale show," said Caroline. "OK?"

"Fantastic," said Betsy. "Maybe I can bake a cake in the shape of a shark?"

"Good idea, Betsy. Well, I'm going to go upstairs to bed. I'm dead tired. Good night, Betsy."

"Good night, Caroline."

It's a little cold in Guillaume's room. Warm in the bed, Betsy notices that her grandson has no shark stuffed animal. She will have to buy one for him. John, lying next to her, is doing a crossword puzzle.

"A five-letter word for a weapon," John said aloud. The second letter is the letter A."

"Saber," answers Betsy immediately.

Betsy is good at crossword puzzles. Every day for years, she has been doing the Houston Chronicle crossword puzzle with John.

"Do you think they liked my dish tonight?" she asks.

"They loved it. Caroline asked you for the recipe."

"That's true. I think she also liked my idea of visiting the aquarium for Guillaume's birthday."

"Perfect. And after the birthday, I'll take you to visit the castles and antique shops in the area!"

"I can't wait to travel with you. When do you think you'll tell Caroline and Joshua that we'll be leaving for a few days?"

"I don't know...To be honest, I don't know how to tell them. I'm afraid of offending them."

John is again buried in the crossword puzzle.

"An escapade in nine letters. The third letter is the letter V."

"Adventure!"

It's ten p.m. It's almost time to go to sleep. And like many men his age, John has to go to the bathroom before he goes to sleep.

He goes down the stairs slowly. The wooden steps creak under his feet. He hates old houses. He has a small bottle of hand sanitizer gel in his right hand. He doesn't understand why there's no sink in the French half-bath. He opens the door noiselessly with the oil he bought this morning and presses the switch. An intense light makes him close his eyes. This new bulb is perfect. Now he can see what he is doing.

Everything in the house seems quiet and calm. But, if he listens, if he is very careful, he can faintly hear Caroline's and Joshua's voices. His son and daughter-in-law's room is just above the bathroom.

"Maybe we could leave Guillaume with my parents..." says Joshua, "a few days... after his birthday...."

"That's a great idea," says Caroline. "We could go to Paris and go to Paul's party."

John doesn't flush the toilet, and he forgets to take the small bottle of hand sanitizer next to the toilet paper. He races up the stairs.

"Betsy, there's a problem. They want to leave Guillaume with us after his birthday. We can say goodbye to visiting castles and antique shops. We have to find a solution quickly."

"Let me think," Betsy replies. "...Ah! I think I have an idea."

Chapter 10 Exercise

Betsy and John love crossword puzzles. Could you find the following five words:

1. The period from birth to death. (3 letters)
vie (n.f.) life

2. A baby dog. (5 letters)
chiot (n.m.) puppy

3. Part of the human body located at the end of the arm and extending from the wrist to the fingertips. (4 letters)
main (n.f.) hand

4. Shelter built by the birds to deposit their eggs. (3 letters)
nid (n.m.) nest

5. A liquid, often black or blue, that is used for writing or printing. (5 letters)
encre (n.f.) ink

Chapter 11
In Caroline and Joshua's room

As he has every night since his grandparents came, Guillaume sleeps in his parents' room. He has his little monkey Fifi in his arms. The little stuffed animal follows him everywhere. Guillaume cannot fall asleep without it.

Joshua didn't think he would love his role as a father as much as he does. For example, he loves cooking with his son. Every Monday they make pizza together. Pizza from A to Z. They make the dough with flour, yeast, a pinch of salt and water. Then they put on toppings: tomato sauce, grated cheese, anchovies, tofu chorizo... It's delicious.

Joshua looks at his son. It's really nice to be a father ... but it's also nice to be without children for a few days. The last time he and Caroline traveled without children was... It was... He doesn't remember. In short, Joshua is thinking more and more that it's a good idea to leave Guillaume with his parents a few days to go have fun in Paris.

"My darling, it's been too long since we've gone somewhere together."

"It's true! Imagine four days, just you and me in Paris."

"Listen... We have someone to take care of the store, and my parents to take care of Guillaume. We're not going to have this opportunity every day!"

Joshua turns to his wife and begins to kiss her. Caroline turns her head slightly.

"Do you think your parents will be able to take care of Guillaume properly?"

"Of course. They took good care of me."

"Thirty years ago! I'm not reassured, look at how you turned out," says Caroline, laughing.

Joshua pretends to pout.

"Guillaume is turning three in two days," says Caroline. "He's very energetic. You have to keep an eye on him all the time."

"Don't worry. My parents can look after our son."

Caroline kisses Joshua and looks at him lovingly.

"Well, there is something else..."

"What?"

"I think your parents are a little ..."

"A little what?"

"I don't know, we live in one of the most beautiful regions of France, but they spend their days sitting on the couch doing crossword puzzles or playing with Guillaume. They never leave. They never venture out anywhere."

"That's normal, they want to spend as much time as possible with their grandson."

Caroline puts her head on her husband's shoulder.

"There's something else."

"What else?" asks Joshua.

"What will Guillaume eat? Your mother isn't really a good cook. And your father doesn't cook."

"We'll find a solution. Maybe we can fill our freezer with good food."

"Yes, why not," admits Caroline.

"Don't be afraid. My mother is not going to poison her grandson."

Caroline gives Joshua a long kiss.

"Okay, it's settled. Tomorrow, we'll let your parents know that we're going away for a few days."

"Just one thing... I think we have to be diplomatic. We can't tell them that we're going to party with friends. They may get offended."

"Leave it to me," said Caroline. "I have an idea!"

Chapter 11 Exercise

Joshua thinks his parents can take care of Guillaume for a few days. How about you? Would you be able to take care of a young child?

Here is a list of objects. Which ones are not to be put in a kid's hands?

une poupée	a doll
un ours en peluche	a teddy bear
un canard en plastique	a plastic duck
un marteau	a hammer
un jeu de cartes	a deck of cards
une tétine	a pacifier
un clou	a nail
un ballon	a balloon
une perceuse	a drill
une scie électrique	an electric saw

Chapter 12
The next day in the kitchen

It's nine in the morning. The sun is already shining in the sky. The kitchen smells like coffee. Caroline got up early this morning. She wanted to make crêpes. Joshua joined her shortly after eight.

"Crêpes! I adore them," says Joshua.
"Yes, it's my way of making your parents love me. Is Guillaume still in bed?"
"Yeah, he's still sleeping. A real little angel. I can't believe that tomorrow he'll be three years old."
"It goes by fast! Here, darling, help me. Put this plate of crêpes on the table with the sugar bowl and the jar of strawberry jam."

Joshua serves himself a cup of fair-trade coffee with a drop of almond milk. He then places the plate of crêpes, sugar bowl and jar of jam on the table.

"My parents will love it."
"What are we going to love?" ask John and Betsy who just came into the small kitchen.

Joshua and Caroline were startled. They didn't hear them come in.

"Good morning, did you sleep well?" asks Joshua.

"Very well, thank you," answers John as he puts his crossword puzzle on the table.

"Yes, very well," Betsy repeats. "That smells good. Did you make crêpes, Caroline? What a great idea!"

The grandparents are in a good mood, but Joshua immediately notices something strange. It takes him some time to figure out what the problem is.

"Mom, you have your toothbrush in your blouse pocket. And you," he says, looking at his father, "are wearing only one sock. Where's the second one?"

"No idea," John replies nonchalantly.

Caroline stops for a moment to pour the crêpe batter into the pan.

"So tomorrow is the big day?" asks Betsy. "It's Guillaume's birthday. What did we decide to do again?"

"Do you remember?" asks Caroline. "It was your idea. We're going to visit the aquarium."

"Oh yes, that's right," says Betsy. "I'd forgotten."

"We will leave in the afternoon after Guillaume's nap and then in the evening we will have a small party."

"Are we going to..."

But Betsy doesn't have time to finish her sentence. John is staring at the crossword puzzle and says to her:

"Betsy, in nine letters, a French pastry that's moon-shaped. It's eaten mostly for breakfast. The first letter is a 'C'."

"Cabaret...Cannabis ...Cappuccino ...Caramel ...No, no idea ... I don't know."

Caroline shoots a glance at Joshua. She is astonished. Her husband always told her that Betsy and John were crossword puzzle professionals. Seeing Joshua, she understands that her husband is surprised too.

"I don't know," says Betsy.
"But," says Joshua, "it's 'croissant,' obviously!
"What?"
"The answer is croissant!"

Chapter 12 Exercise

Caroline, Joshua, Betsy and John are having breakfast. They drink good coffee and each eat a good crepe.

The adjective bon (good) becomes bonne in the feminine form.

Find the feminine of these adjectives:

Masculine	Translation	Feminine
bon	good	bonne
doux	soft	douce
heureux	happy	heureuse
beau	beautiful	belle
neuf	new	neuve
vieux	old	vieille
récent	recent	récente
frais	cool	fraîche
salé	salty	salée

Chapter 13
Birthday Day

Betsy spends the early afternoon cooking. She tries to make a beautiful shark-shaped cake for Guillaume.

Caroline goes into the kitchen to get a glass of water. She notices on the counter a large packet of flour, a half-empty packet of sugar, vanilla, chocolate chips, powdered sugar, eggs and a small bottle of blue food coloring.

"Not too much sugar or dye," says Caroline before leaving the kitchen.
"Yes, sure," says Betsy, irritated.

An hour and a half later, after baking and decorating the cake, Betsy finally comes out of the kitchen. It's time to leave for the day's outing. The whole family gets ready to visit the aquarium.

"It's time to go," says Joshua.
"In the car we go!" said John. "Betsy, are you ready?"
"Yeah, yeah, almost," says Betsy. "Has anyone seen my blue shoes? I can't find them anywhere."

"We'll look for them later," says Joshua. "We have to leave now. Put on your other shoes."

"OK! All right!" replies Betsy.

The aquarium is only twenty minutes from the house. When they arrive, they see some tourists waiting to enter. It's almost summer. The city is already invaded by Japanese, Germans and Italians.

The whole family waits patiently in line. Betsy and John, Caroline and Joshua, and Guillaume can't wait to admire the beautiful fish. Guillaume is super excited to see turtles and maybe even sharks. He is jumping and running around.

While John buys the five tickets, Betsy takes Guillaume to the aquarium gift store. Caroline follows them closely. She doesn't want her mother-in-law to buy another useless toy.

Last year, Betsy brought a bunch of plastic toys that Caroline immediately donated to charity. But Caroline thought she made it clear that she didn't want a plastic toy for her son.

"Look, Guillaume," says Betsy, showing him a very realistic little turtle, "this one is beautiful. You can take your bath with it."

"Yes! Beautiful turtle," says Guillaume, interested.

"But it's made of plastic," says Caroline. "We said no plastic toys."

"Oh yeah, I forgot," says Betsy, thinking about the Lego box in her suitcase.

Betsy keeps looking and sees farther away a small box decorated with multicolored fish.

"Oh, look at this... It's a little metal box to keep your shell collection. Isn't it beautiful? And it's not made of plastic," says Betsy while looking at her daughter-in-law.

Guillaume seems interested. But his mother looks at the box in more detail.

"No, that doesn't work. This box was made in China."

"So what?" asks Betsy.

"We prefer to spend our money on locally-made toys."

Betsy shrugs her shoulders. Her daughter-in-law is really difficult. Betsy is now heading towards some local soaps made with seaweed. They're shaped like shells or fish.

"That's a good idea," says Betsy, bringing a soap towards her nose. "It smells great."

John and Joshua suddenly enter the shop. John is holding five tickets in his hand: two full-fare tickets for Joshua and Caroline, two discounted tickets for seniors and one free ticket for under-fives.

"The visit can start," says John, excited. "Are we going to see the turtles?"
"Yes! Yes! Turtles!" shouts Guillaume.

Betsy is at the checkout. She buys two seaweed soaps for her friends Ann and Laura.

"I'm coming," says Betsy. "One minute..."

Chapter 13 Exercise

Betsy lost her shoes.

The verb "to lose" is conjugated here in the past tense "lost."

Write the sequence of sentences in the past tense composed with the subject "she."

Infinitive	Translation	Passé Composé
perdre	to lose	Elle a perdu
prendre	to take	Elle a pris
aller	to go	Elle est allée
voir	to see	Elle a vu
arriver	to arrive	Elle est arrivée
attendre	to wait	Elle a attendu
courir	to run	Elle a couru
vouloir	to want	Elle a voulu
tenir	to hold	Elle a tenu

Chapter 14
At the aquarium

The family enters a tunnel decorated like a seabed. There are shells, seaweeds and rocks. After going through this false tunnel, the visitors arrive in front of an enormous aquarium filled with marine animals.

The family approaches slowly. The sight is magnificent. There are more than a hundred different fish. They have very bright colors: yellow, red, green. They swim without touching each other. It's magic!

Suddenly a huge turtle appears.

"Look, Guillaume," says John, "it's a... it's a... What's that animal's name again?"

"A turtle," says Joshua, looking at Caroline out of the corner of his eye. "Sea turtles can live up to eighty years old, you know."

"As old as you?" says Guillaume looking at his grandfather.

But John can't hear his grandson. With all the children shouting and running around, there's too much noise. John takes his cell phone out of his pocket and after some research, starts reading the paragraph about sea turtles. No one listens to him, but he keeps reading.

"Sea turtles are reptiles that breathe air and have lungs. They must regularly surface to breathe. They spend most of their time underwater and must therefore be able to hold their breath for a long time. The length of the dive depends largely on the activity. A sea turtle in search of food can spend five to forty minutes underwater, while a sleeping sea turtle expends less oxygen and can stay underwater for four to seven hours."

John stops reading. He looks up from the screen on his phone and realizes that his entire family has left. They are now watching a yellow and blue fish eating a shrimp.

"Are we going to see the sharks now?" yells Guillaume excitedly.

To get to the shark aquarium, they pass in front of the penguins. What luck! It's feeding time. It's a sight to see. A man throws sardines to the hungry penguins.

"They're very cute," says Betsy. "It's like they're wearing a little tuxedo."

"Look at this one, Guillaume," says Joshua, "he's going to push his friend so he can eat. He's going to fall into the water. Poof! He fell."

"Oh, look at this penguin," Caroline said sadly. "Both of his feet are damaged. He must have had an accident."

Suddenly, surely attracted by the smell of food, a creature comes out of the water.

"Phoque", shouts Guillaume. *"Grand phoque!"* [Phoque means seal, but it sounds a lot like the word fuck!]

All the English-speaking bystanders turn their heads towards Guillaume.

"Phoque! Phoque!" repeats Guillaume louder, happy for the attention.

Betsy takes his hand.

"Let's go see the sharks now. Okay?" said Betsy. "Yes! Sharks," says Guillaume.

In the shark room, there's a guide who is talking to a group of Spanish tourists. Caroline, who studied Spanish in high school and university, listens to the guide and translates into French.

"There are nineteen sharks in this aquarium. The aquarium is eighteen meters long and five meters high... The large shark on the right is a gray shark. It eats small fishes, squids and octopuses... It is more than two meters long and usually lives in the Pacific... The shark on the left..."

Guillaume sits on the floor. It's a sign that he's tired now. He has seen enough fish, sharks, turtles, penguins and seals for the day. It's time to leave.

Chapter 14 Exercise

In an aquarium, we see a lot of fish, sharks, turtles, penguins...

But which of the animals on this list are those that can't be seen in an aquarium?

une sauterelle	a grasshopper
une méduse	a jellyfish
un bernard-l'ermite	a hermit crab
un cafard	a cockroach
une étoile de mer	a starfish
une langouste	a lobster
une lotte	a monkfish
un hippocampe	a seahorse
une coccinelle	a ladybug
une mouche	a fly

Chapter 15
Returning Home

In the car that brings the whole family home, it's quiet. Everyone is exhausted.

"It was a really nice outing. Did you like it, Thomas?" asks Betsy.

"His name is Guillaume," Joshua corrects her.

"Of course... I'm sorry. Did you like it, Guillaume?"

But Guillaume is already asleep. He is dreaming of multicolored fish and scuba diving. He hugs in his arms the stuffed shark that his grandmother bought him.

"You had a good idea, Betsy," said Caroline. "Guillaume loved it. He had a great time."

"Thank you! I had fun too. I'm very happy. I'm also happy that I bought two seaweed soaps for my friends. I like to bring back little souvenirs from France."

"Did you pick the shell-shaped soaps or the fish-shaped?" asks Caroline.

Betsy looks in her purse. She searches everywhere. Weird.

"I can't find the soaps in my bag. Shoot. I must have left them in the store."

"Are you sure?" asks Caroline.

"Yes, I can't find them."

"Do you want to go back for them?"

"No... I'd rather go home now. I'm so tired and I want to have a piece of cake!"

Caroline's phone starts vibrating. Joshua signals her to take the call. You never know. Maybe it's Sandrine who has a question for the store.

"Hello... Yes, I understand... Is it serious? Yes... No... Yes... Of course...You can count on us."

Joshua is worried.

"Is something happening at the store?"

"No... No... It was my mother. She's just been in a car accident!"

"Shit! How's she doing?"

"She is doing well. But she broke both her feet."

"Broke both her feet?" repeats Betsy.

"Yes, both feet. She has to stay in a wheelchair for three weeks."

"Three weeks!" repeats Joshua.

"Yes, three weeks. She would like to have me and Joshua at her house for a few days to help her get organized."

"Yes. Of course. Of course. We understand," said John.

"Could you look after Guillaume?" asks Caroline.

"No problem," say Betsy and John.

"That's very kind, thank you," says Caroline, while winking at Joshua.

Chapter 15 Exercise

In this chapter we find the sentence: *J'ai envie de manger une part de gâteau.* I feel like having a piece of cake. Here we use the preposition "de" after the verb "avoir envie."

Choose the right preposition for these sentences: "à", "de", or simply nothing.

Joshua commence _à_ travailler à 10 heures du matin.
Joshua starts work at 10 am.

Il adore ___ s'occuper de la boutique.
He adores taking care of the store.

Il essaie _de_ parler français avec les clients.
He tries to speak French with the customers.

Joshua aime ___ habiter en France.
Joshua likes living in France.

Il préfère ___ rester en France que rentrer au Texas.
He would rather stay in France than go back to Texas.

Il a choisi _de_ vivre dans une petite maison et

_de_ conduire une vieille voiture.
He chose to live in a small house and to drive an old car.

Joshua est content _de_ faire visiter sa région à ses parents.
Joshua is happy to show his parents around.

Joshua rêve _de_ passer plus de temps avec sa femme.
Joshua dreams of spending more time with his wife.

Il hésite _à_ parler franchement à ses parents.
He is reluctant to speak frankly to his parents.

Joshua a hâte _de_ boire un petit verre de vin rouge le soir avec son diner.
Joshua likes to drink a small glass of red wine in the evening with his dinner.

Chapter 16
Later in the day

Caroline opens all the living room windows to bring a little cool air into the house. Betsy, John, Joshua and Guillaume wait patiently for the cake to arrive.

"Usually we eat the cake after dinner," says Caroline, "but poor little Guillaume is exhausted. He's going to go to sleep early tonight. A bath and off to bed!"

"Personally," says John, "I think it's a good idea to eat the cake now."

"Very well then," says Caroline. "I'll go get it."

Caroline disappears into the kitchen. Meanwhile, Betsy closes all the living room windows. There are more than enough insects in the house. Betsy doesn't understand why French windows are so inconvenient: no screens, wooden shutters that are impossible to close... Then she ducks into her bedroom for a few minutes. She decided to hide the Lego box under Guillaume's bed. She'll tell him when she is safe at home in Taylor, Texas.

In the living room, on the sofa, Guillaume is playing dominoes with his grandfather. They are both concentrating. John places a domino piece with five black dots next to a domino with three black dots.

"No," said Guillaume as he removed the piece.
"Are you sure?" said his grandfather.
"Yes! Sure."

Joshua puts on the table five dessert plates, two teaspoons, three forks, and five napkins. He knows that the French eat dessert with a teaspoon.

"Thank you," says Joshua looking at his mother and father. "It's really nice of you to watch Guillaume for a few days."
"Of course," says Betsy. "No problem. Poor Marie-Dominique! Having both feet broken. It's horrible. You can count on us. Go help your mother-in-law. We'll watch Guillaume."
"You both are really kind. We'll leave the day after tomorrow. By the way, do you want to visit a city or a monument tomorrow?"
"Yes, we'd like to visit a castle," says John. "Right now I'm passionate about castles. Did you know that I'm just starting a model of the Versailles Palace?"

In the kitchen, Caroline prepares three candles and the lighter to light them. She opens the fridge. And she notices right away that something is out of place.

"Joshua, can you come into the kitchen?"

A few seconds later, Joshua appears.

"Do you need some help, honey?"
"Take a look in the fridge."

Joshua opens the refrigerator and sees, next to the ketchup and mustard, his mother's blue shoes.

"Whoa, what's that doing there?" says Joshua as he takes the shoes out of the refrigerator.

Chapter 16 Exercise

Find the correct verb in these sentences:

1. Guillaume et John **jouent** aux dominos.
   Guillaume and John **play** dominoes.

2. Caroline **a ouvert** les fenêtres du salon.
   Caroline **opened** the living room windows.

3. Betsy **décide** de cacher la boîte de Lego sous le lit.
   Betsy **decides** to hide the Lego box under the bed.

4. Betsy le **dira** à Caroline quand elle sera au Texas.
   Betsy **will tell** Caroline when she is in Texas.

5. Joshua **met** quatre assiettes sur la table.
   Joshua **puts** four plates on the table.

6. John et Betsy **vont garder** Guillaume pendant quelques jours.
   John and Betsy **will keep** Guillaume for a few days.

7. On **aimerait** visiter un musée demain.
   We **would like to** visit a museum tomorrow.

8. Dans la cuisine, Caroline **prépare** le gâteau d'anniversaire.
   In the kitchen, Caroline **prepares** the birthday cake.

9. Tu **as besoin** d'aide ?
   Do you **need** help?

10. Joshua **voit** les chaussures bleues de sa mère.
    Joshua **sees** his mother's blue shoes.

Chapter 17
Time to sleep

Joshua and Caroline are tired. The visit to the aquarium totally wiped them out.

"I'm going upstairs to bed. Good night everyone," says Caroline, yawning.

"Good night," replies her mother-in-law, her nose in the crossword puzzle.

"See you tomorrow," adds John.

"Sleep well," says their daughter-in-law. "Are you coming upstairs, Joshua?"

"Yes, yes, I'm coming."

Moments later, the young couple is in their bedroom.

Caroline takes off her earrings and puts them on the nightstand.

"Your mother's cake was disgusting. I hope I can keep it down. I also hope I don't have nightmares about sharks," says Caroline.

"Come on don't be afraid..." says Joshua, humming the music from the film Jaws.

"Stop it, I hate that movie."

Joshua sits on the bed and takes off his shoes.

"Say, you laid it on a bit thick with your mother's accident. Two broken feet!"

"I didn't think too much about it. The phone rang. We were with your parents in the car. I thought it was the perfect opportunity to find an excuse to leave the house."

"That's true... but two broken feet! You pushed it a bit far."

"It's not my fault, it's the penguin's fault," says Caroline.

"What penguin?"

"You know, the penguin with the two damaged feet?"

"No idea."

"Okay, never mind," says Caroline.

Joshua takes off his pants and shirt.

"Anyway, my parents don't suspect anything. They'll watch Guillaume for three days. That's great. Three days alone... Can you believe it?"

Caroline remains silent for a few minutes.

"The problem is... I'm not so sure I want to go and leave Guillaume with your parents."

"But why?" asks Joshua, astonished.

Caroline puts on her nightgown.

"The more I think about it, the more I think your parents are losing their minds."
"What do you mean?"
"I mean they're losing their minds... they're losing their memory. Your parents aren't so young anymore. And with all the industrial food they eat in the United States, it's not surprising..."
"You think?"
"Look, you have to be realistic. You can't close your eyes. Since they've been here at the house, you've noticed that they're having memory problems. The list is long: the toothbrush in her pocket, soaps forgotten in the aquarium store, unfinished crossword puzzles, and the shoes in the fridge... All the signs are there."
"Maybe you're right..."

Caroline puts her hand on Joshua's arm.

"I'm sorry but I think they have a real problem and they don't realize it. You have to help them. They can't keep on like this. You're their only son. You have to accompany them in this last phase of their life."
"Accompany them... how?"

"I have an idea... Your parents want to visit a castle, don't they?"

"Yes."

"So here's what you'll do..."

Chapter 17 Exercise

While Joshua and Caroline talk about the worrying situation regarding the grandparents, they get undressed.

Joshua takes off his shirt and pants. Caroline takes off her earrings...

Here are all the things that Joshua and Caroline take off before going to bed.

Find the right translation :

les chaussettes	socks
le soutien-gorge	bra
la culotte	panties
le caleçon	underpants
les collants	pantyhose
le marcel	tank top
la jupe	skirt
la bague	ring

Chapter 18
Return home

Joshua parks the car in front of the house. Betsy and John open the car doors simultaneously and slam them noisily.

"Do you think we've lost our minds? Is that it?" asks Betsy.
"Joshua, answer your mother!" shouts John. "Do you really think we've lost our minds?"

Caroline, who heard her in-laws, goes out into the yard.

"So how was the visit to the Golden Years Castle?" she asks. "It's pretty, isn't it?"
"Horrible!" say John and Betsy in chorus.

Joshua looks at Caroline and shrugs his shoulders.

"Guillaume is taking a nap. Don't wake him up. Stay in the yard, I will bring you a cup of tea and some cakes."

Everyone takes a seat around the iron table in the yard. Caroline comes holding a tray with a teapot shaped like an elephant, four porcelain cups, sugar and some madeleines.

"Why did you bring us to that castle?" asks Betsy. "It's a castle for old people."

"There's even," John adds, "a part of the castle reserved for people who've lost their memory."

Joshua is a little uncomfortable. Caroline encourages him with her eyes. It's hard to tell his parents that they are losing control. Joshua doesn't know how to start.

"So?" asks Betsy. "Why did you take us to that senior citizens' home?"

"Well..." Joshua starts, "since you've been at the house, I've noticed that you've been having problems with your..."

"But that's because..." interrupted Betsy.

"Please let me finish," Joshua said. "It's hard enough as it is. I'd rather talk without being interrupted."

Joshua needs to drink some tea and bite into a madeleine to give himself courage.

"So, since you've been at the house," says Joshua, "we've noticed that you've been having memory problems. Problems with first names, problems finishing easy crosswords, problems with..."

"But that's because..." Betsy interrupted again.

"We're very concerned about your health," continues Joshua. "And there's a good facility for the elderly in the area. It would be perfect for you."

"And you would be close to your son, to Guillaume and to me," adds Caroline.

Betsy and John look at each other.

"Joshua and Caroline, thank you very much. But we're not losing our minds," says Betsy.

"I know," says Joshua calmly as he puts his hand on his mother's arm. "It's hard to believe. You've always been very active."

"What your mother means to tell you, Joshua," says John, "is that we haven't lost our minds. We just lied to you a little bit."

"You lied to us? I don't understand..." says Joshua.

Now it's Betsy who needs to drink a little tea and bite into a madeleine.

"We lied to you a little bit," Betsy continues. "We had plans to go away together for a few days, just the two of us..."

"And watching Guillaume was not part of our plan," adds John. "So we tried to make you think that we weren't capable of watching Guillaume alone."

"So, the crossword puzzle, the shoes in the fridge, the toothbrush in the pocket... Was it a ruse?"

"Yes, Betsy admits. But we were going to explain everything today. We're ashamed now. Especially since your mother's accident, Caroline."

"You lied to us?" Joshua repeats in disbelief.

"We didn't have the courage to tell you that we wanted to go away alone for a few days," says Betsy. "We're sorry."

"But we intended to tell you everything today," says John.

"And now, with Marie-Dominique's horrible accident, you can count on us. We'll take care of Guillaume."

"Caroline," says John, "you can go help your mother. Betsy and I will stay here and take care of Guillaume. Don't worry about a thing."

Caroline drinks some tea and bites into a madeleine.

"About my mother," says Caroline timidly...

Caroline doesn't have time to finish her sentence. A small red car just parked in front of the house. The door opens. The driver waves her hand.

"Hello! I dropped in to surprise you," shouts Marie-Dominique.

"What a great idea, Mom!" says Caroline.

Chapter 18 Exercise

Joshua thinks his parents are losing their minds. How about you? Are you losing your mind?

Here are some questions from a cognitive test.

(If all your answers are wrong, I advise you to make an appointment with a neurologist as soon as possible).

Find the word that is out of place :

1. une tétine, un biberon, un orteil, une couche
   a pacifier, a bottle, a toe, a diaper

2. un radis, un tableau, un navet, une carotte
   a radish, a painting, a turnip, a carrot

3. rouge, jaune, vert, heureux
   red, yellow, green, happy

4. une crème brûlée, une mousse au chocolat, un ongle, une tarte aux citrons
   a crème brulée, a chocolate mousse, a fingernail, a lemon pie

5. le café, le cidre, le bordeaux, le champagne
   coffee, cider, burgundy, champagne

6. une chemise, un sourire, un pantalon, une robe
   a shirt, a smile, pants, a dress

7. un savon, un dentifrice, un shampooing, une dent
   soap, toothpaste, shampoo, a tooth

8. un stylo, un briquet, une craie, un crayon,
   a pen, a lighter, a chalk, a pencil

9. crier, chanter, dormir, parler
   to shout, to sing, to sleep, to talk

10. un volet, un oreiller, un drap, une couverture
    a shutter, a pillow, a sheet, a blanket

Chapter 19
In the yard

Betsy and John are very surprised to see Marie-Dominique show up. Especially since she is walking completely normally.

She's wearing a dress that's red like her car, and she has on her feet two beautiful pumps with six-centimeter-high heels.

"Betsy! John! I am so happy to see you."

"You're walking?" ask Betsy and John incredulous.

"Of course I'm walking," replies Marie-Dominique.

"But your two broken feet...?" says Betsy.

"My two broken feet. What on earth! Really, you Americans... you are completely crazy."

Marie-Dominique puts on the patio table a basket full of goodies: a dry sausage, cheeses, two bottles of champagne and three beautiful, crusty baguettes.

"Caroline, go put the tea and madeleines in the kitchen. And bring back four champagne glasses.

We will drink to our families' health!" says Marie-Dominique.

"Yes, to our families' health," says Joshua. "I hope we all stay healthy for many years to come."

"Physically and mentally healthy!" adds Betsy.

Guillaume woke up. He too is in the yard now. He is enjoying a chunk of baguette and a piece of cheese while the adults talk animatedly.

He hears a few words here and there: two broken feet, shoes in the fridge, a penguin, forgotten soaps...He doesn't understand at all, but it doesn't matter. He is happy because the whole family is there: his parents and grandparents.

A few glasses of champagne later, the discussion is still lively.

And suddenly, everyone raises their glass. A solution was found! Joshua and Caroline are going to have fun for a few days in Paris. Meanwhile, Betsy and John are going to visit the castles and antique dealers in the region. And Marie-Dominique will watch her favorite grandson. Everybody is happy.

In life, the simplest solution is often the best. A bit of champagne also helps...

THE END

Chapter 19 Exercise

You have just read a book written entirely in French.

Here's what I want to tell you:

Bravo!
Excellent!
Perfect!
Wonderful!
Good job!
Nice work!
Sublime!
Admirable!

BOOKS BY FRANCE DUBIN

France Dubin's books are available on Amazon worldwide in paperback, Kindle, and audio.

The Merde Trilogy

1. Merde, It's Not Easy to Learn French
2. Merde, French is Hard... but Fun!
3. Merde, I'm in Paris!

Belles histoires à Paris

1. Petit déjeuner à Paris
2. Déjeuner à Paris
3. Dîner à Paris

Scan the code below to visit her author page at amazon.com.

ABOUT THE AUTHOR

France Dubin lives in Austin, Texas. She has taught French for more than ten years to students of all ages.

Every year a few of her students ask her to read Le Petit Prince by Antoine de Saint-Exupéry. To be honest, she finds this book sometimes difficult to understand.

She decided to write books in easy French so that her students could read in French by themselves or with only a little help.

And while they read, she can daydream and eat dark chocolate.

She hopes you enjoy the book and would love to hear from her readers.

Her e-mail is francedubinauthor@gmail.com.

Printed in Great Britain
by Amazon